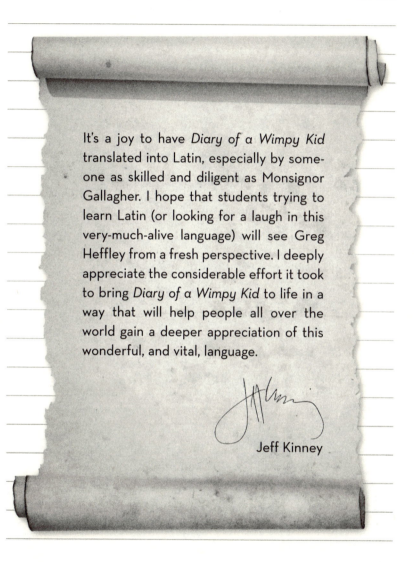

It's a joy to have *Diary of a Wimpy Kid* translated into Latin, especially by someone as skilled and diligent as Monsignor Gallagher. I hope that students trying to learn Latin (or looking for a laugh in this very-much-alive language) will see Greg Heffley from a fresh perspective. I deeply appreciate the considerable effort it took to bring *Diary of a Wimpy Kid* to life in a way that will help people all over the world gain a deeper appreciation of this wonderful, and vital, language.

Jeff Kinney

OTHER BOOKS BY JEFF KINNEY

Diary of a Wimpy Kid

Diary of a Wimpy Kid: Rodrick Rules

Diary of a Wimpy Kid: The Last Straw

Diary of a Wimpy Kid: Dog Days

Diary of a Wimpy Kid: The Ugly Truth

Diary of a Wimpy Kid: Cabin Fever

Diary of a Wimpy Kid: The Third Wheel

Diary of a Wimpy Kid: Hard Luck

Diary of a Wimpy Kid: The Long Haul

Diary of a Wimpy Kid: Old School

The Wimpy Kid Do-It-Yourself Book

The Wimpy Kid Movie Diary

COMMENTARII
de
Inepto Puero

GREGORII HEFFLEY LIBELLUS

Jeff Kinney auctore

a Daniel B. Gallagher Latine versa

AMULET BOOKS
New York

The Library of Congress has cataloged the original edition of this book as follows:

Kinney, Jeff.
Diary of a wimpy kid / Jeff Kinney.
p. cm.

Summary: Greg records his experiences in a middle school where he and his best friend, Rowley, undersized weaklings amid boys who need to shave twice daily, hope just to survive, but when Rowley grows more popular Greg must take drastic measures to save their friendship.

ISBN 978-0-8109-9313-6 (paper over board)

[1. Middle schools—Fiction. 2. Friendship—Fiction. 3. Schools—Fiction. 4. Diaries—Fiction. 5. Humorous stories.] I. Title.

PZ7.K6232Dia 2007
[Fic]—dc22
2006031847

ISBN for this edition: 978-1-4197-1947-9

Latin translation © 2015 Editrice Il Castoro srl
Latin translation by Monsignor Daniel B. Gallagher
Revised by Paola Francesca Moretti

Book design by Jeff Kinney
Cover design by Chad W. Beckerman and Jeff Kinney
Front cover background scroll copyright © 2015 Liliboas / E+ / Getty Images

Printed and bound in U.S.A.
10 9 8 7 6 5 4 3 2 1

Amulet Books are available at special discounts when purchased in quantity for premiums and promotions as well as fundraising or educational use. Special editions can also be created to specification. For details, contact specialsales @abramsbooks.com or the address below.

ABRAMS
THE ART OF BOOKS SINCE 1949
115 West 18th Street
New York, NY 10011
www.abramsbooks.com

MATRI, PATRI, RE, SCOTT ET PATRICK

MENSIS SEPTEMBRIS

<u>Die Martis</u>

Iam primum omnium, aliquid clarandum est: Hic LIBELLUS "COMMENTARIUS" est, non "diarius"! Quamvis mater voluerit ut "libellus diarius" vocaretur, vobis affirmo me OMNINO matrem meam vetuisse ne libellus eo titulo vocaretur.

Me miserum! Timeo ne nescio quae vappa, si conspexerit me "libellum diarium" gestantem, me derideat.

Adde quod non ego ipse sed MATER MEA voluit me in hoc libello scribere.

Sed Mamma insanit si exspectat me "affectus mei animi" in eo scripturum. Ergo noli exspectare me scribere blanditias tamquam "care libelle" cum sententias refero in hoc libello.

Ut verum dicam, unum tantum suasit me ut scribam hic intus: cum equidem dives et celebratus ero, res maioris momenti habebo faciendas quam hominum rogatiunculas universum diem respondere. Qua de re hic libellus haud inutilis erit.

Aliquando certissime celebrabor, ut dixi, sed nunc circumdatus sum turba caudicum.

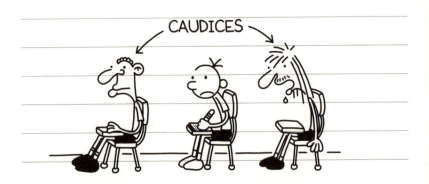

Nihil stultius, mea quidem sententia, umquam
excogitatum est quam schola media. Nam scholam
huiusmodi frequentant et pueri qui primam
adolescentiam nondum attingunt et gorillae pilosae
quae bis in dies debent barbam radere.

Quibus in condicionibus, minime investigandum est
a peritis quare fortiores procaciter lacessant
debiliores in schola media.

Si ego hac de re rogabor, dicam alumnos dispertiendos
esse iuxta staturam magis quam aetatem. Ex
altera vero parte, si hoc factum sit, pueri sicut
Chiragus Gupta etiamnunc primum gradum agerent.

Hodie est primus dies novi anni scholaris, et nunc praestolamur magistram donec tabulam dispositionis sedium componat. Ideo constitui me tempus consumere hoc in libello scribendo.

Obiter bonum consilium dicam: primo die scholae, praecave ne sedem malam seligas. Si conclave scholare intras et res tuas in qualibet mensa scriptoria deponis, confestim magistra dicet:

SPERO SEDES QUAS MODO SELEGISTIS PLACERE VOBIS QUONIAM HAE SEDES MANSURAE SUNT VESTRAE.

EHEU!

Ideo hoc in scholae spatio factum est ut Christopherus Hosey ante me sedeat et Leoninus James pone me.

Iason Brill sero venit et sessurus erat ad dexteram meam, sed in ipso articulo temporis feliciter impedivi ne illud fieret.

Proxima in lectione, statim ut in aulam ingredior, oportebit mihi sedere inter puellas pulchellas. Si autem illud facio, ostendo me anno praeterito nihil didicisse.

Nescio pol quomodo puellae se habeant his diebus. Facilius erat eas intelligere cum eramus in schola primaria. Si enim cursor velocissimus eras in classe, omnes puellae te adamaverunt.

Etenim in quinto gradu, Ronaldus McCoy velocissimus erat cursor.

Nunc autem res difficilior est. Nam maximi refert quibus vestibus induaris et quam dives sis et quam belluli sint clunes tui et ita porro. Et pueri sicut Ronaldus McCoy scabunt capita admirantes quid, malum, factum sit.

Nomen pueri praedilecti in classe mea est Bricius Anderson. Multum maereo quod puellae SEMPER mihi placuerunt, sed pueri sicut Bricius in gratiam puellarum nuperrime venerunt.

Recordor bene quomodo Bricius se gesserit in schola elementaria.

Nunc autem nihil accipio pro defensione puellarum quam illo tempore praebui illis.

Bricius, ut dixi, praedilectus est puer in classe mea, ita ut ceteri alios ordines quaerant.

Ego, ut ferme existimavi, vel quinquagesimum tertium vel quinquagesimum quartum ordinem teneo hoc anno. Sed gaudio me promotum iri quoniam hebdomade insequente Carolus Davies uncinos dentales accipiet in os suum.

Haec omnia semper explicare conor amico meo
Rolando (qui, ut obiter dicam, probabiliter ordinem
centesimum quinquagesimum nunc tenet), sed sonus
vocis meae, nisi fallor, in alteram et ex altera
avolat aure.

Die Mercurii

Hodie in schola exercitum gymnicum habuimus,
quamobrem ante omnia clanculum abivi ut viderem
num Caseus etiamnunc staret. Et re vera adfuit.

Istud segmentum Casei in tegimine bituminoso stetit usque a verno tempore exacto. Cecidit forte de pane farto alicuius. Nescio. Sed aliquos dies post, is Caseus incepit foetere et corrumpi. Nemo corbifolle voluit ludere in campo in quo Caseus iacebat, quamvis ille corbis unicus esset qui reti fuit praeditus.

Quodam die, puer nomine Darren tetigit Caesum digito suo, quo facto inditus est horridus lusus "Tactus Casei". Iste lusus haud diversus est a lusu "Cooties" vulgo dicto. Nempe si tu Tactum Casei contraxisti, eum retinebis donec alicui alii trades.

Nullo modo, nisi digitis intertextis, te protegere potes a contagione Tactus Casei.

Sed haud facile est recordari digitos tuos intertexere omnibus et singulis minutis temporis. Quapropter digitos meos taenia adhaesiva circumdedi ut numquam disiungerentur. Postea, licet notam "D" in arte scribendi tulerim, operae pretium erat.

Quidam puer nomine Abraham Hall, Tactu Casei mense Aprili contracto, ab omnibus intactus mansit totum per annum scholare. Aestivo autem tempore Abraham in Californiam migravit, auferens secum Tactum Casei, et lusus desit.

Vereor autem ne aliquis Tactum Casei renovet, quia minime indigeo hac contentione enervante.

Die Iovis
Haud possum ferias aestivas relinquere et summo mane e lecto surgere et ad scholam quotidie adire!

Ut verum dicam, gratia fratris mei maioris natu, Roderigi nomine, ferias aestivas male incohavi.

Paucis enim diebus post initium feriarum, media nocte, Roderigus excitavit me e somno. Dixit me totum per tempus aestivum dormisse, feliciter tamen experrectum esse ad ipsum tempus novi anni scholaris incohandi.

Ne vero me censeas stultissimum fuisse, qui id meo fratri crederem, scito Roderigum non solum vestibus scholaribus indutum esse, sed etiam horologium excitatorium meum post horam rectam ordinavisse et meas fenestras curtinis operuisse ne viderem tenebras foras neu summam noctem re vera esse intelligerem.

Ergo expergefactus, me vestivi et culinam petivi ut ientaculum pararem sicut mos est meus omnibus et singulis diebus scholaribus.

Haec autem faciens, tantum strepitum feci
ut pater meus in culinam inruperit et me
increpuerit quod cerealem manducabam hora tertia
matutina.

Parumper valde perplexus eram.

Cum primum intellexerim quid factum esset, dixi
patri meo Roderigum mihi dolum fecisse et ILLUM
reaspe increpandum esse.

Ideo pater meus, me sequente, in cellam descendit
ut Roderigum obiurgaret. Quam avide exspectabam
illam obiurgationem!

Sed Roderigus tam perfecte vestigia sua cooperuit ut non dubitem quin etiamnunc pater meus opinetur me somniavisse.

Die Veneris

Hodie in schola divisi sumus in greges lectionis.

Cum nemo tibi dicat quem ad gregem pertineas, nescis an adnumeratus sis inter lectores callidiores vel tardiores. Facile tamen id enodabis si bene inspicies tegmen libri tibi commissi.

Doleo vero quod inter callidiores lectores adnumeratus sum, quandoquidem, eo facto, sequitur ut studiosius laborare debeam.

Cum probationem in facultatem legendi sustinuerim anno praeterito, omnes nervos in eam contendi ut inter tardiores lectores adnumerarer.

Mater mea amica est rectori scholae meae, ideo suspicor eam se interposuisse ut inter callidiores lectores hoc anno adnumerarer.

Mamma semper memorat me intelligentem esse, sed admonet me ut industriam maiorem in lectiones collocem.

Ac proinde si unum tantum didici a fratre meo
Roderigo: quo minus laboras, eo minus alii a te
exspectant.

Ut verum dicam, laetor aliquantulum quod non adnumeratus sum inter lectores callidiores.

Nam vidi nonnullos pueros tardiores qui librum sursum deorsum tenebant, atque non puto id fecisse iocose.

Die Saturni
Prima hebdomade scholae peracta, ego diutius dormivi.

Licet plerique pueri die Saturni bene mane expergiscantur ut imagines ridiculas pictas animatasque televisifice spectent, ego nihilominus perdormisco. Mea quidem sententia, nulla causa est ut expergiscar nisi ne nimis sentiam foetorem oris.

QUAM FOETIDUM!

Accidit autem infeliciter ut omnibus et singulis diebus pater meus hora sexta expergiscatur et id non facit flocci quod ego volo frui requie diei Sabbati sicut sanus homo.

Quoniam nihil faciundum fuit mihi hodie, adivi domum amici mei Rolandi.

Preasenti tempore, ne quid mentiar, Rolandus est amicissimus mihi, sed potest semper fieri ut alium in locum eius substituam.

Revera ipse aliquid tam molestum mihi fecit ut ego eum evitarem usque ab initio anni scholaris.

Quodam die scholari expleto, dum res nostras ex loculamentis excipiebamus, Rolandus mihi accessit dicens:

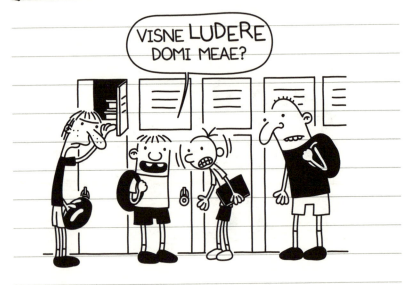

Iam sescenties exhortatus sum Rolando ut diceret "morari" potius quam "ludere", quia studentes in schola media non "ludunt" sed "morantur". Sed quamvis pluries eum commonuerim de re, numquam in animo tenet.

Inde ab initio scholae mediae, multum curo famam meam. Rolando tamen me circumstante, haud facile est.

Rolandum vero primum conveni abhinc paucos annos cum familia eius migravit in nostram viciniam.

Mater eius emit ei enchiridion inscriptum "De Amicitia: Pro pueris molestis," et venit domum meam ut ista artificia novis amicis sibi coniungendis probaret.

Dolebam igitur vicem Rolandi et constitui eum in tutelam meam asciscere.

Gaudeo quidem me ascivisse eum, quia omnibus dolis quibus Roderigus ME fallit, Rolandum fallere possum.

Die Lunae

Recordarisne me dixisse quod multis dolis fallo Rolandum? Equidem habeo fraterculum nomine Emmanuelem quem NUMQUAM in fraudem inducere possum quinimmo parentes me obiurgent.

Mamma et Tata Emmanuelem protegunt tamquam si princeps esset vel aliquis huiusmodi. Insuper etiam numquam, quamvis meritum, obiurgant eum parentes mei.

Heri, exempli gratia, ille atramento diuturno pinxit effigiem sui in ianua cubiculi mei. Ego exspectabam magnam obiurgationem a parentibus meis, sed nihil fecerunt ei.

Quod molestius est, ille imposuit agnomen mihi quod odio habeo. Cum parvulus esset, Emmanuel nequivit verbum "frater" pronuntiare, quamobrem "fatti" proferebat. Et hoc nomine ETIAMNUNC me appellat, etiamsi continenter adhorter matrem meam patremque meum ne ille id faciat.

Feliciter accidit ut nemo ex amicis meis compererit istud agnomen, sed credas mihi, interdum quasi compertum est.

FELIX DIES NATALIS TIBI!

EHO! HOC DESTINATUM EST AD "FATTI"!

ALIQUIS, UT VIDETUR, MENDUM FECIT.

EICIT

Mater iubet me quotidie Emmanuelem adiuvare ut se ad scholam praeparet. Acetabulo cereali a me impleto, ille exit in sessorium, sedet super matella euplastica et televisorium spectat.

Et cum tempus est ei exeundi ad hortum infantium, Emmanuel surgit, in balneum init et omnia quae nondum edit in latrinam deponit.

Immo mater mea indesinenter exhortatur me ne unam micam ientaculi relinquam. Sed tamen si deberet MAMMA assulas cerealis ex orbe latrinae detergere, etiam EI deesset ciborum appetentia.

Die Martis

Nescio an id iam notaverim, sed CALLIDISSIMUS sum lusor videolusuum visificorum. Vos reapse sponsione provoco neminem in classe mea callidiorem esse.

Tata, proh dolor, haudquaquam recte aestimat meam sollertiam. Semper adhortatur ut foris ludam.

Qua de re hodie vesperi, cena sumpta, cum primum ille commonefaceret me de hac re, conatus sum ei explanare quod ego, videolusibus adiutus, pedifolle, more tam Americano quam Europaeo, ludere possum sine sudore.

Sed, ut semper fit, quoad logicam attinet, tata nihil intellexit.

24

Ne fallaris, ipse tamen plerumque intellegens mihi videtur, sed nonnumquam miror quod cor omnino non habet.

Non dubito quin, si systema lusorium meum enodare posset, id disiungeret. Sed fabricatores horum apparatuum tam callide eos construxerunt ut adulti nesciant quomodo disiungere eos.

Quotiescumque Tata me eicit e domo, domum Rolandi adeo quo tranquillius videolusibus ludere possim.

Infeliciter autem fit ut, domi Rolandi, nullis videolusibus nisi iis sine violentia possimus ludere, tamquam certamine curruli autocinetorum.

Quoniam quandocumque affero videolusum ad domum Rolandi, pater eius aliquem in situm interretialem se refert ut certiorem se faciat an lusus nimis violentus sit. Et cum semper violenti sint videolusus mei, vetat ne iis ludamus.

Ut verum dicam, taedit me iam videolusuum Rolandi, quia Rolandus non tam serio de videolusibus agit quam ego. Quandocumque enim ludimus certamine curruli autocinetorum, facillime vinco si nomen iocosum autocineto meo impono.

Deinde Rolandus totiens ridet quotiens nomen autocineti in quadro televisifico apparet.

Rolando in videolusibus ludendis a me trudicato, domum meam petivi. Sed priusquam domum adveni, bis vel ter caespitis spargilla vicinorum transcurri ut, cum Tata videret me madidum, crederet me sudasse ob cursum continuum.

Frustra autem id feci, quia cum primum vidit me Mamma, iussit me balneo pensili uti.

Die Mercurii

Tata, ut mihi videtur, gavisus est quod heri me foras compulerat, quia me compulit foras etiam hodie.

Moleste fero quod domum Rolandi petere debeo quotiescumque videolusu ludere volo. Nam prope domum Rolandi habitat quidam puer ineptus, nomine Federicus, qui, cum semper in area ante domum suam moretur, difficile evitatur.

Federicus, qui condiscipulus est meus in exercitu
gymnico, loquitur lingua ficta. Quandocumque,
exempli gratia, necesse est ei in latrinam ire, dicit:

Nos discipuli iam enodavimus hanc linguam, sed
magistri nondum solverunt eam.

Hodie, etsi nollem, adirem utique ad domum Rolandi,
quia grex musicorum, ad quem frater meus pertinet,
exercitationem in cella nostra faciebat.

Iste grex magno cum STREPITU sonat ut, quandocumque exercitationes domi facit, domi prorsus manere non possim.

Hic musicorum grex vocatur "Subligar Infantile Spurcatum", quamquam Rodericus depinxit "Subligar Infantile Spurkatum" in autocineto onerario suo.

Fortasse censes Rodericum ita scripsisse ut nomen gregis eius formidulosius pareret, sed si rogavero eum quomodo recte scribatur, dubito quin sciat.

Tata adversatus est Roderigo cum vellet gregem musicorum convocare, sed Mamma omnino ei favit.

Mamma quidem fuit prima quae apparatum tympanorum donavit Roderigo.

Illa, ut credo, vult gregem musicorum constituere ex familia nostra, similem illis gregibus cognatis quos in spectaculis televisificis vides.

Tata re vera in odio habet musicam metallicam gravem, sed hoc sonat Roderigus cum grege suo. Mamma, nisi fallor, haud curat genus musicae quod grex Roderigi vel sonet vel auscultet, quia, iudicio eius, omnia genera sunt aequa. Cum quidem Roderigus discum compactum auscultaret mane in exedra, Mamma advenit et coepit saltare.

Quo facto Roderigus, valde exercitatus, in tabernam radiophonicam exivit et conchas auditorias emit; quibus in auribus impositis tranquilliore animo musica sua fruebatur.

Die Iovis

Heri Roderigus accepit novum discum compactum musicae metallicae gravis in quo affixum erat pittacium "Monitum ad Parentes" inscriptum.

Equidem nullam occasionem hucusque sum nanctus his discis auscultandis, quia Mamma et Tata non concedunt ut eos emam. Qua re clare patet me numquam auditurum nisi discum compactum Roderigi clanculum e domo auferam.

Hac ideo mane Rolandum vocavi eumque rogavi ut discophonum suum afferret in scholam.

Deinde in cubiculum Roderigi ivi ad discum
compactum a pluteo excipiendum.

Cum nefas sit discophona in scholam portare,
oportuit nobis exspectare donec, prandio sumpto
et magistris intus manentibus, foras exiremus. Cum
primum latitare potuimus, discum in discophono
imponimus.

Frustra autem, quia Roderigus oblitus erat
discophonum pilis electricis instruere.

Ego vero lusum iocosum confestim effinxi. Obiectum
lusus fuit, conchis auditoriis in auribus impositis
manibusque in sinibus immissis, caput quatere donec
conchae de capite caderent.

Qui celerius conchis se liberavit, vicit.

Inter nos duos, ego celerrime liberavi me conchis. Equidem id feci intra septem temporis minuta, quamvis nonnullis impletionibus dentium fere excussis.

Magistra Craig statim nobis ludentibus occurrit deprehenditque nos flagranti delicto. Discophonum eripuit et nos incepit increpare.

Male autem intellexit quid faceremus illic. Etenim obiurgavit nos de malo musicae metallicae gravis monuitque nos ne cerebra nostra corrumperemus illam auscultando.

Ideo eam certiorem facturus eram discophonum pilis electricis re vera carere, sed palam noluit interpellari. Itaque exspectavi donec finem sermoni faceret. Quo facto, "fiat, Domina mea", dixi.

Sed ipso temporis momento cum nos relictura esset, Rolandus interrumpit clamans se "cerebra sua" nolle corrumpere de musica metallica gravi.

Ut verum dicam, iste puer hebes interdum obstupefacit me.

<u>Die Veneris</u>
Vae mihi! Malum grave feci.

Proxima nocte, ceteris dormientibus, clanculum in
exedram ivi ad discum compactum Roderigi auscultandum.

Disco compacto in instrumento stereophonico inserto
sonoque MAXIME aucto, conchas auditorias Roderigi
auribus imposui et malleolum ad id sonandum tetigi.

Ante omnia, liceat mihi dicere rationem planissime
patere qua id pittacium "Monitum ad Parentes" in
disco affixerunt.

Sed solummodo brevi tempore auscultavi discum
antequam interrumptus sum.

Accidit ut conchas auditorias ad instrumentum sterephonicum non adnexerim. Ideo musica per ECHEA sonabatur, non per conchas auditorias.

Tata coegit me ad cubiculum meum, ianuam claudit et dixit:

Quandocumque Tata appellat me "amicum", scio me nimirum discrimini commisisse. Sed cum primum Tata vocavit me "amicum" isto modo, nesciebam id mordaciter dixisse. Ideo animum relaxavi.

AMICUS = BONUS

Posthac istuc mendum numquam feci.

Hac nocte Tata, nil nisi bracis interioribus indutus, me diu increpavit antequam cubitum revertit, quandoquidem ipse voluit, nisi fallor, magis in lecto quam in cubiculo meo stare. Prohibuit me denique lusibus visificis per duas hebdomades ludere. Confiteor vero me gaudere quod ille poenam peiorem non iniunxit mihi.

Gaudeo insuper quod, quotienscumque Tata irascitur, furor animi cito resedit, et brevi confectum est.

Si malum facio in conspectu eius, Tata morem
servat coniciendi ad me quicquid in manu habet.

TEMPESTIVE MALUM FACERE

INTEMPESTIVE MALUM FACERE

Mamma e converso servat ALIUD modum castigandi.
Nam si malum facio et Mamma deprehendit me,
paucos dies supplicium prorogat donec poenam
excogitet mihi iniungendam.

Quapropter multa bona interim facio ut illa poenam molliorem iniungat mihi.

Post aliquot dies, cum primum de memoria mea excidit me peccavisse, Mamma iniungit mihi poenam.

Die Lunae

Difficilius est quam putavi persistere sine videolusibus per unam hebdomadam. Attamen non solus sum qui domi poenam patior.

Etenim Roderigus magnum malum fecit. Nam fraterculus Emmanuel reperit quandam ephemeridem de musica metallica gravi, in qua imago invenitur mulieris vesticulam balnearem gerentis et super ploxenum autocineti cursorii iacentis. Atque Emmanuel hanc in scholam attulit demonstrandam.

Mammae, ut opinior, haud placuit telephonema quo certior facta est de re.

Ego quidem eandem ephemeridem vidi, et imaginem tam molestam esse non puto. Sed ephemerides huiusmodi non admittit mater mea in domum.

Ut Roderigus recte puniretur, Mater mea iussit eum ad rogata respondere.

Reddiditne haec ephemeris te hominem meliorem?

Non.

Fecitne ut gratiam inires ab amicis in schola?

Non.

Hac ephemeride a te empta, quomodo nunc te habes?

Me paenitet.

Visne aliquid dicere mulieribus quas hac ephemeride offendisti?

Veniam a vobis peto, mulieres.

Die Mercurii

Quia non licet mihi videolusibus ludere, his diebus Emmanuel utitur instrumento lusorio meo. Etenim mater mea emit ei multos ludos didascalicos quorum, quandocumque ludit, multum me taedet.

Sed gaudeo quod nonnullos discos meos ad domum Rolandi afferre possum si eos includo in thecis discorum Emmanuelis, sicut, exempli gratia, illius nomine "Disce litterarum ordinem".

<u>Die Iovis</u>

Nuntiatum est in schola hodie quod comitia ad concilium discipulorum eligendum mox habebuntur. Ut verum dicam, parvi mea refert hucusque concilium discipulorum. Sed omnibus perpensis, puto me gratiam apud multos multasque studentes initurum iri si arcarius electus ero.

Vel melius ...

Nemo, ut videtur, officium arcarii cupit, quia omnes petunt officia maiora tamquam Praesidis vel Propraesidis. Puto quidem quod facillime vincam si officium petam arcarii.

Die Veneris

Hodie nomen meum adscripsi in tabulam canditatorum qui officium arcarii petunt. Aliqui puer nomine Martinus Porter idem officium praeter spem petit. Quapropter petitio non erit tam facile quam putavi.

Cum patrem meum certiorem fecerim de petitione mea, multum, ut opinor, est gavisus. Accidit ut ipse officium petiverit in consilio discipulorum cum aetatem meam agebat, et id re vera adeptus est.

Tata deinde eruit de rebus suis folium murale quo usus est dum ambiebat.

Dixi ei usum folii muralis, meo iudicio, bonum esse, et rogavi eum ut me ad tabernam chartariam autocineto duceret ut res necessarias emerem ad folia similia delineanda. Multis foliis et peniculis ornatus, vesperi incubui ut perficerem multa folia muralia, itaque spero fore ut adiumento sint mihi in officio adipiscendo.

Die Lunae

Hodie mane folia muralia in scholam attuli et, ut verum dicam, haud mala sunt facta.

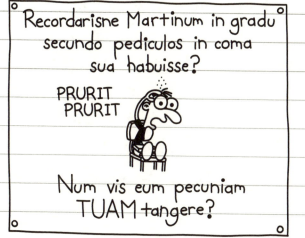

Folia muralia in parietibus scholae suspendi. Sed postea aliquanto Propraeses Roy ea conspexit.

Ipse dixit mihi quod non licet candidatis "commenta" propogare de aliis candidatis. Ideo ei respondi Martinum reapse habuisse pediculos in coma sua, ita ut schola fere clauderetur.

Ille tamen abstulit omnia mea folia muralia. Quo pacto, foliis muralibus in excipulo purgamentario Propraesidis iacentibus, Martinus Porter dulcia distribuebat ut summum numerum suffragiorum acciperet. Sic factus est cursus honorum meus in re publica.

MENSIS OCTOBRIS

Die Lunae

Mensis Octobris iam advenit, et trigesimus dies est ante vigiliam Omnium Sanctorum. Etenim inter omnes dies festos, haec vigilia MAXIME mihi placet, etiamsi, sententia matris mea, non decet pueris meae aetatis ostiatim ambire ad dulcia colligenda.

Tatae quoque maxime placet vigilia Omnium Sanctorum, sed aliam ob causam. Noctu enim illius festi, aliis parentibus dulcia et cuppedia pueris porrigentibus, Tata abscondit se in fruticibus et, situla aquae armatus, adulescentes exspectat quibus insidari possit.

Quispiam adulescens aditum nostrum transiens valde madefactus erit.

Immo nescio an Tata intellexerit rationem vigiliae Omnium Sanctorum. Sed absit a me istud oblectamentum ab eo deripere!

Hac vesperi inaugurata est "domus spiritibus vexata" apud Lyceum Quadrivii, et Mammae persuasi ut Rolandum et me eo comitaretur.

Rolandus advenit indutus vestitu Superhominis, quem anno proximo etiam gessit, tametsi admonerem eum ut vestitu solito uteretur. Minime vero me exaudivit.

Id autem aequo animo tuli. Etenim numquam antea
licuit mihi "domum spiritibus vexatam" Quadrivii
visitare, ideo nullo modo facere volui ut Rolandus
me frustraretur. Roderigus enim omnia narravit
mihi de ea domo, quam iam tres annos exspecto
visitare.

Sed cum ad introitum pervenimus, recogitavi
propositum nostrum.

Sed Mamma, ut opinor, properare volebat ideoque
nos introrsus urgebat. Ab introitu, seriatim undique
terrebamur. Fuerunt enim cadavera et vampyri et
vespertiliones et homines sine capite.

Formidolosissimus autem fuit "Angiportus Serrarum Automatarum". Gigans quidem inerat in eo armatus serra automata. Roderigus mihi dixit hanc serram laminis cummeis instructam esse, sed periculum adire haud volui.

In ipso articulo temporis, Mamma advenit ut nos salvaret.

Mamma rogavit hunc hominem serram gestantem ut exitum nobis indicaret, et visitatio ad domum spiritibus vexatam subito confecta est. Erubui tamen cum Mamma hoc fecerit, etsi tunc non mihi omnimodo displicuit.

Die Saturni

Haec visitatio ad domum spiritibus vexatam meam valde excitavit mentem. Tesserae enim constiterunt quinque dollaris, et magna turba eam frequentavit.

Ideo constitui domum spiritibus vexatam ordinare. Adiutorio Rolandi usus sum, quia Mamma minime mihi dedit potestatem domus nostrae in aedes spiritibus vexatas mutandae.

Scio tamen neque patrem Rolandi licentiam nobis daturum esse, quamobrem hypogaeum domus eius constituimus illum locum quem, nihil parentibus eius dicentes, rebus formidolosis instrueremus.

Deinde Rolandus et ego totum fere diem egimus domum spiritibus vexatae describentes.

Haec est descriptio quam excogitavimus:

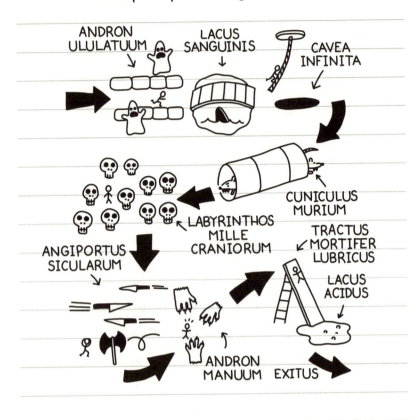

Ne me iactem, sed, crede mihi, id quod nos excogitavimus MULTUM praecelluit domui spiritibus vexatae Lycei Quadrivii.

Permagni interfuit nos consilium nostrum divulgare, ideo chartam sumpsimus ac multos confecimus libellos.

Confiteor nos rem amplificavisse, sed contendendum erat ut multitudo hominum adveniret.

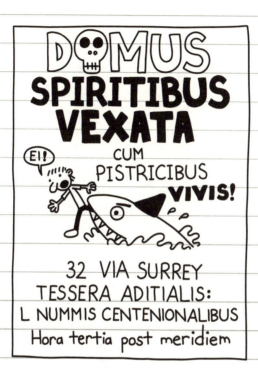

Cum omnes libellos per vicum suspenderimus et ad hypogaeum Rolandi reverterimus, iam erat hora secunda et semihora atque nondum domum nostram incohavimus instruere.

Quare oportuit id quam citissime facere simplicioreque modo.

Hora tertia, foras inspeximus ut videremus an aliqui advenerint. Et quidem viginti iam exspectabant extra ianuam hypogaei.

Quamvis scripsissemus tesseras aditiales nummis centenionalibus constare, confestim certior fui plus mereri potuimus.

Ideo dixi pueris tesseras re vera duobus dollaris constare et id "nummis centenionalibus" mendum typothetae fuisse.

Ioannes Snella fuit primus qui duo dollaros solvit. Pretio soluto, ille introivit ac Rolandus et ego in androne ululatuum delituimus.

Ut verum dicam, andron ululatuum erat nihil nisi lectum de cuius extremis partibus ego et Rolandus pendebamus et fremebamus.

Andro, ut videtur, nimis horribile erat, quia Ioannes se involvit sub lecto atque noluit se movere. Quamvis blanditiis hortaremur eum ut ex eo loco reperet, rigidus tamen mansit.

Aliis pueris extra ianuam expectantibus, in animum venit quot dollaros perdidissemus si eum non amoveremus.

Pater Rolandi denique in hypogeum devenit nosque invenit. Ego equidem primum laetus sum quod aliquis erat qui opus inferret ad Ioannem movendum.

Ille autem haudquuquam adiuvare voluit.

Immo vero scire voluit quid faceremus et quare Ioannes sub lecto iaceret.

Diximus ei nos hypogaeum in domum spiritibus vexatam commutavisse atque Ioannes reapse PECUNIAM solvisse ut hoc ei faceremus. Ille autem haud credidit.

Enimvero fatendum est quod, si circumspiceres, domum spiritibus vexatam haud videres. Satis enim temporis fuerat nobis ut tantum andronem ululatuum et lacum sanguinis instruxerimus. Lacus sanguinis fuit tantummodo piscinula aliquo ketsupo impleta.

Demonstravi patri Rolandi descriptionem nostram ut crederet nos extra iocum id fecisse, sed vixdum credidit.

Ut brevi dicam, domus spiritibus vexata ilico delapsa est.

Sed laetus sum quod, quoniam pater Rolandi non credidit, minime nos iussit pecuniam Ioanni restituere. Idcirco duo dollaros meruimus hodie.

<u>Die Solis</u>

Accidit ut Rolandus a parentibus suis domi detineretur ob domum spiritibus vexatam. Supplicium enim ei tulerunt non solum ne televisorium spectet unam per hebdomadam, sed etiam ne me hospitem domi eius accipiat.

Quod supplicium, ut puto, valde iniustum est, quia sic punit ME IPSUM, qui nihil mali feci. Si non domi eius, insuper, ubi gentium ludam lusibus visificis meis?

Sed utcumque res se habent, me miseret eius. Ideo hac vesperi, ut animum eius erigerem, seriem televisificam ei praedilectam spectavi eamque telephonice narravi.

Feci pro virili parte ut Rolandus sequeretur quod
in albo televisifico ageretur, sed, ut verum dicam,
dubito quin omnia capere posset.

Die Martis

Mandatum supplicii Rolandi exactum est, ita ut
liberetur paulum ante Vigiliam Omnium Sanctorum.
Ideo ivi ad eum visitandum ut vestitum eius
inspicerem et fateor ei aliquantulum me invidere.

Mater eius emit ei vestitum equitis qui valde
pulchrior est vestitu anni praeteriti.

Enimvero hic equitis habitus instructus est gladio et casside OMNIBUSQUE aliis ornamentis.

Ego numquam vestitum ex taberna emptum habui. Neque vestitum cras induendum excogitavi. Ideo nescio quibus quisquilibus me induam ipso in ictu temporis. Forsitan me Cadaver Charta Hygienica Medicatum, ut iam feci, faciam.

Sed cras vesperi, nisi fallor, pluet, ideo hoc consilium non probum est.

Annis recentioribus, adulti in vico meo dedignati sunt quod piger sum in vestitibus meis induendis, quo pacto minus minusque crustula ad domum attuli. Oportet igitur me ingeniosorem esse in iis seligendis.

Haud vero tempus est mihi vestitus elegantioris componendi, quia mihi est certissimum iter designandum hoc anno, quo copiosissime cuppedia laterculosque colligamus.

Et quidem iter optimum denique excogitavi, quo duplicem cuppediorum copiam colligamus.

In Vigilia Omnium Sanctorum

Intra horam debebamus incipere circumire vicum ad cuppedia colligenda atque nullus vestitus erat mihi. Constituturus igitur eram me armentarium iterum vestire.

Sed deinde mamma pulsavit ianuam, cubiculum introivit deditque mihi piratae habitum, panniculo et unco omnibusque ornamentis instructum.

Rolandus advenit domum meam hora sexta et semihora vestitu equitis indutus, sed ille vestitus NULLO MODO apparebat tamquam apparuit hesterno die.

Ut tutiorem Rolandum protegeret, Mater eius vestitum tam adaptavit ut ipse non prorsus eques videretur.

Nam foramen ex casside exsecavit ex quo melius spectaret atque taeniam nitidam ad vestitum adfixit quo facilius conspiceretur. Superindumento quoque sub vestitu amicuit eum gladioque ramulum ardentem substituit.

Tegumentum pulvini meum arripui et vix profecti sumus, sed Mamma repente stitit nos antequam ianuam transiremus.

Quomodo potuit accidere ut nescirem rationem qua ipsa vestitum piratae mihi dedit!

Ideo Mammae dixi nos NULLO MODO Emmanuelem comitari posse, quia visitaturi eramus centum quinquaginta duo domus nechon ambulaturi per Viam Serpentis, quae maximum periculum est puerculo sicut ei.

Quam extremam partem nequaquam dicendum fuit mihi, quia subito Mamma imperavit Tatae ut nos comitaretur ne extra vicum nostrum erraremus. Tata conatus est recusare, sed Mamma id insistebat, et cum Mamma insistit nemo est qui animum eius immutare possit.

Antequam aditum nostrum exiremus, vicino nostro Domino Mitchell filioloque eius Ieremiae occurrimus, qui nos quoque comitari voluerunt. Ideo IPSI nobiscum venerunt.

Cum Emmanuel et Ieremia domus ornamentis formidolosis instructas appropinquare metuerent, fere nulla fuit domum ad quam appropinquare potuimus ad cuppedia expetenda.

Pater et Dominus Mitchell inceperunt colloqui de pediludio, et quotiescumque disserebant de aliquo maioris momenti, ilico constiterunt.

Non plus quam unam domum omni tertia horae parte visitabamus.

Duas post horas, pater et Dominus Mitchell domum petiverunt cum puerculis.

Tunc demum ego et Rolandus citius circumire potuimus. Etenim meum pulvini tegumentum fere vacuum erat, ideo tempus nullo modo perdendum erat.

Postea aliquanto Rolandus dixit se in locum secretum ire debere. Sed ego prohibui quin fieret. Tunc, dodrante horae peracto, cum advenimus ad domum aviae meae, clare patebat illum diutius se retinere non posse. Ideo permisi ei ut in latrinam iret.

Dixi autem ei, si non intra unum momentum temporis revertitur, cuppedia eius libentissime sumo.

Postea, cum ad viam revertimus, iam hora decima et semihora erat; qua hora, ut videtur, adulti finem imponunt Vigiliae Omnium Sanctorum.

Non vero difficile est id animadvertere, quia post illam horam, synthesi dormitoria induti ac frontem contrahentes, ianuam invite accedunt.

Constituimus domum ire. Patre Emmenueleque absentibus, multa cuppedia collegimus, quo facto valde gavisus sum.

Dum vero domum petebamus, quoddam autocinetum onerarium apparuit, iuvenibus scholae superioris impletum.

Iuvenis in receptaculo autocineti extinctorium tenebat, et cum nos transibat, materiam chemicam in nos emisit.

Gratiam meritus est Rolandus, quod omnem fere materiam chemicam parma sua impedivit. Et si non ita fecisset, omnia cuppedia madida fuissent.

Cum vero autocinetum onerarium abscedebat, protuli aliqua verba quorum extemplo me paenituit.

Deinde gubernator vehiculi subito rotas sufflaminavit et autocinetum convertit. Ego et Rolandus currimus sed isti propinque nos sequebantur.

Unicum refugium quod in animo meo venit fuit domus aviae meae, ideo eam petivimus nonnullas areas posticas transeuntes. Avia mea iam cubitum iverat, sed memor eram clavis quam ea sub peditergio abdidit.

Cum primum domum inivimus, spectavi ex fenestra ut viderem an iuvenes nos secuti essent, et re vera secuti sunt. Conabar fallere eos ut abirent, sed firmi steterunt.

71

Posthac eramus certiores istos non abscessuros esse, quamobrem constituimus nobis domi aviae meae totam noctem esse agendam. Ideo incepimus nos iactare, sonus simiorum imitantes.

Immo vero ego sonus simii imitabar, sed Rolandus sonus bubonis—vel nescio quid—imitabatur. Eadem tamen causa, ut censeo, id faciebat.

Vocavi matrem meam ut certiorem facerem nos domi aviae mansuros, sed vehementer irata est.

Dixit nobis crastino die ad scholam eundum esse et iussit ut confestim domum peteremus. Ideo, iuvenibus foras vigilantibus, oportuit nos clam ex domo aviae meae effugere.

Ex fenestra spectavi et autocinetum onerarium non vidi. Certissimus autem fui quod iuvenes se celaverunt nosque exspectabant.

Ergo ex ostio postico exivimus, saeptum transilivimus et velociter cucurrimus usque ad Viam Serpentis. Putavi illam viam meliorem esse quia caret lanternis.

Via Serpentis, quae iam metuenda est, tanto formidulosior videtur si autocinetum onerarium vilibus iuvenibus impletum fugis. Quotiescumque vehiculum conspeximus, in rubos irrupimus. Trecentos pedes non minus quam semihora transivimus.

Sed, ut credas mihi, domum advenimus sine ulla difficultate. Nec enim umquam desiimus insidias praecavere donec ad aditum meum pervenimus.

Sed repente factus est terribilis ululatus ac improviso submersi sumus ingenti unda aquae.

Heu! Patris mei omnino oblitus sum, cui neglegentiae
maximas poenas dedimus.

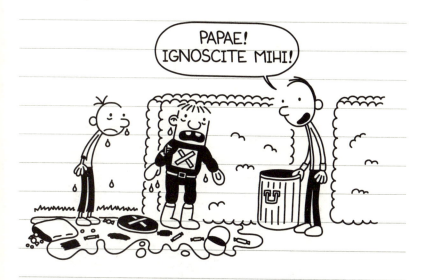

Cum ego et Rolandus domum introivimus, cuppedia
in mensa culinae exponimus.

Nihil re vera fuit quod redemimus nisi nonnullas
menthas piperitidis et peniculos dentarios a
Doctore Garrison nobis datos.

Anno insequenti, ne omnia haec molesta mihi iterum
accidant, forsitan domi manebo et nonnullos
laterculos mulsos deripiam de summo frigidarii,
ubi Mamma eos abdit.

MENSIS NOVEMBRIS

Die Iovis

Ex fenestra autoraedae longae, qua ad scholam vehimur, vidimus hac mane domum areamque aviae meae chartula hygienica conturbatas. Nec mirum.

Huius facinoris piget me aliquatenus, quia videbatur mihi haud facile futurum esse ut avia mea has munditias celeriter faciat, sed illa iam otio fruitur, qua re alia negotia haud habet facienda hodie.

Die Mercurii

Tertio in spatio hodie, Dominus Underwood, magister noster exercitus gymnici, nuntiavit nos luctationem sex per hebdomades facturos esse.

Si quid est quod maxime adamant pueri, est luctatio perita. Itaque Dominus Underwood idem chaos commovisset si pyrobolum in schola displodisset.

Prandium sumitur statim post exercitum gymnicum, qua de re calamitas maxima orta est in mensa.

Nescio quo pacto magistri constituerint seriem exercitationum luctationis dandam esse.

Sed clare patet mihi necessitas luctationis perdiscendae ne ego in spiram pistoriam quotidie per sex hebdomades torquear.

Quapropter nonnullos videolusus conduxi ad artem luctationis discendam. Et quid factumst? Postea aliquanto corpori adversarii defigendo iam adsuefeci!

Re quidem vera, cavendum erit aliis pueris in classe mea quia, si usum luctationis perfecero, omnes in periculum vocabo.

E converso, si usum luctationis NIMIS perfecero, alii difficultati occurram. Nam olim fuit quidem puer nomine Yurin Alymus cui, cum lusum corbifollis calleret, honorem tribuerunt "Optimus Athleta Mensis" cuiusque effigiem in androne affixerunt.

In brevi tempore, omnibus innotuerunt facetiae nominis eius, quamobrem continenter illudebant illum.

<u>Die Iovis</u>

Vah! Hodie didici luctationem quam in animo habebat
Dominus Underwood OMNINO diversam esse a
luctatione quam in televisorio spectamus.

Primum omnium, vestem distinctam induimus,
"unicam" vocatam, quae similis est vesti balneari
quam homines saeculo duodevicesimo gerebant.

Neque sunt "fistucae" neque huiusmodi neque sellulae
plicatiles quibus luctatores capita invicem
percutiunt.

Deest etiam suggestus luctationis quadratus.
Adest solummodo teges mollis quae foetet tamquam
si numquam mundata esset.

Dominus Underwood quaerebat voluntarium ut monstraret gestus quibus alter alterum teneat. Ego nequaquam voluntarius volui esse.

Ideo Rolandus et ego in posteriore gymnasio prope velum morabamur, sed illic puellae fuerunt quae exercitationes in arte gymnastica faciebant.

Quam ob rem eum locum brevi fugimus aliosque ad pueros redivimus.

Me equidem Dominus Underwood selegit utpote progymnastem ne, nisi fallor, cum levissimus in classe sim, ipse iniuriam in se ferret. Itaque, me adiuvante, aliis pueris demonstravit gestus luctationis videlicet "cervicem bracchio defigere" et "evertere" et "obsidere" et alia huiusmodi.

Cum ille agebat motum qui "syphonarii gestus" appellatur, ego auram sensi in partibus inferioribus corporis mei, ideo statim scivi vestem meam "unicam" male me cooperire.

Quocirca dis gratias egi quod puellae in altera parte gymnasii fuere.

Divisi sumus in partes iuxta pondus corporis. Gavisus sum quia sic non oportebat mihi luctari cum Beniamino Wells, qui pondus ducentarum et quinquginta librarum super pectus sublevare potest.

Sed postea dedici me oportere cum Federico luctari,
cui libentissime, si potuissem, Beniaminum
substituissem.

Nemo aequalis pondere fuit mecum nisi Federicus.
Atque, ut videtur mihi, ipse attentius auscultavit
meliusque didicit omnes gestus quos docuit nobis
Dominus Underwood, quia omnimodis defixit me in
tegem. Ideo septimum scholae spatium egi nimirum
familiariter cum Federico, cum quo numquam nimis
familiaris volui esse.

Die Martis

His exercitationibus luctationis praebitis, schola nostra omnino eversa est. Nam alter cum altero continuo luctatur in andronibus, aulis et cunctis aedium partibus. Saevissimae vero luctationes post prandium oriuntur, quandoquidem foras eximus quadrante hora.

Quinque pedes vix perambulare potes antequam duobus pueris luctantibus pedem opponas. Hac de causa ego solus e longinquo hanc calamitatem specto. Edepol ne aliquis in Caseum se volvat; alioquin ille Tactus Casei telam retexet!

Alia res quae turbat me est luctatio cum Federico quotidiana. Sed hac mane innotuit mihi aliquid. Si ponderosior fiam, non neccesse erit mihi luctari cum Federico.

Quapropter vestes meas farsi impiliis subuculisque ut in partem luctatorum maioris ponderis adsciscerer.

Nondum tamen satis ponderis habui.

Aperte innotuit mihi necessitas corporis mei augescendi. Primum censui id facere assulis e patatis devorandis, sed postea in melius consilium ivi quam ingurgitandi.

Etenim constitui me MUSCULOSIOREM fieri, non pinguiorem.

Usque adhuc studium corporis exercendi non multum me tenuit, sed, luctatione probata, recogitavi rem.

Puto quidem si fortior fuero, multis aliis callebo.

Verno tempore insequente, quando exercitationes pediludii more americano faciemus, duas in turmas dividemur, altera camisiis instructa, altera pectore nudo. Hucusque ego pectore nudo SEMPER sum.

Non dubito quin magistri nos pueros sic dividant in turmas ut pudeat flaccos corporis.

Si autem musculos augebo, figuram corporis libentissime mense Aprili ostentabo.

Hac vespere, post cenam parentibus meis narravi consilium meum. Dixi eis mihi habendos esse bonos apparatus ad corpus exercendum necnon pulverem alimentarium ad corpus ampliandum.

Ephemerides porro eis ostendi de corpore alendo ut imagines inspicerent corporum virorum quibus assimulare debeo.

Mamma paucissima respondit, sed Tata studiosior in rem mihi videbatur. Animadvertit, nisi fallor, me omnino mutavisse animum de bono corporis exercendi, quia quando iunior eram, exercitium corporis odio habui.

Sed, iudicio matris meae, priusquam apparatum libramentorum habeam, demonstrandum est mihi omnibus et singulis diebus exercere velle. Hoc, dixit, potero demonstrare si saltus aliaque exercitia sine libramentis quotidie per duas hebdomades fecero.

Explicavi ei non ita fieri posse si optimis apparatibus ad corpus exercendum caream. Ea autem prorsus dissensit a me.

Deinde pater attulit mihi spem dicens Sanctum Nicolaum natalicia munuscula serius ocius allaturum esse.

Dies Festus Natalis Domini autem citius appropinquat. Interea, si Federicus defigit me iterum in tegem, prostratio nervosa certo erit mihi.

Qua de re, parentibus haud adiuvantibus, rem, ut fieri solet, curabo egomet ipse.

Die Saturni

Valde expectatum erat hodie programma exercitationis corporis inchoandae. Etiamsi Mamma vetuit me apparatus habere, nullo modo hoc me deterruit quominus inciperem.

Ex frigidario itaque excepi lactis et suci aurantini lagoenas quas, potionibus vacuefactas, implevi harenis. His ad virgam scoparum affixis, perticam ponderatam bellulam feci.

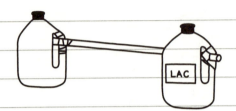

Deinde scamnum libramentis sublevandis disposui ex tabula vestimentis premendis et cistis. His compositis, paratus eram ad gravia libramenta tollenda.

Cum vero eguerim sodali qui me libramenta tollentem observare posset, Rolandum ad domum meam vocavi. Me autem paenituit illius invitationis cum vidi eum vestimentis perridiculis indutum.

Iussi Rolandum scamno primum uti, praesertim quod certior volui fieri de firmitudine ne delaberetur.

Postquam Rolandus perticam ponderatam quinquies sublevavit, ipse iam desinere voluit, sed ego prohibui ne desineret. Hoc re vera facit quispiam bonus sodalis in libramentis tollendis, ut progrediaris ultra facultates tuas.

Scivi Rolandum de libramentis tollendis non satis serio agere, ideoque constitui probare studium eius.

Dum libramenta diligenter sublevabat, ego attuli personam, naso mystaceque ornatam, quam Roderigus in loculo suo conservat.

Et in ipso articulo temporis cum Rolandus perticam ponderatam super pectus tenebat, me inclinavi eumque in faciem inspexi.

Ipse facultatem cogitationes dirigendi PROTINUS amisit ut perticam ponderatam ab pectore sublevare nequiret. Ego quidem ei succursurus eram, sed, si id fecissem, numquam se facultati meae exaequavisset.

Opem tamen ei ad postremum tuli, quoniam ille incepit mordere lagoenam ut harena ex ea deflueret.

Cum primum Rolandus surrexit e scamno, ego invicem libramenta volui sublevare, sed Rolandus dixit se id non diutius facere velle.

Haud vero exspectandum est quod omnes tam studiosi sunt quam ego.

<u>Die Mercurii</u>
Hodie quaestiuncula data est nobis in schola de geographia. Ut verum dicam, iamdudum exspectavi hanc quaestiunculam.

Nam haec quaestiuncula fuit de capitibus civitatum. Sedes mea in posteriore aulae parte stat, ubi charta geographica ingens de pariete dependit, in qua omnia capita civitatum scripta sunt maioribus litteris rubris. Idcirco hanc quaestiunculam facillime evicturus eram.

Sed priusquam magister nobis quaestiunculas dedit,
Patricia Farrell vocem attulit ex parte priore aulae.

Patricia admonuit Dominum Ira ut chartam
geographicam Civitatum Foederatarum Americae
Septentrionalis cooperiret antequam quaestiunculas
dispertiret.

Ego, Patriciae gratia, quaestiuncula cecidi: quo pro
facinore eam, tibi polliceor, aliquando ulciscar.

<u>Die Iovis</u>

Hac vespere Mamma mihi accessit folium plicatile in manu tenens; quod folium cum primum vidi, scivi certissime quid esset.

Fuit enim nuntium de fabula scaenica tempore hiemali edenda, cuius personae mox seligentur. Eheu! Istud nuntium in excipulum purgamentarium abicere debui cum primum id in mensa culinae viderim!

Vehementer DEPRECATUS SUM Mammam ne iuberet me ad probationem actorum partium adire. Illae enim scaenicae semper dramata musica sunt, et vae mihi si canticum solitarius canere debeam!

Quo vero ferventius eam deprecabar ne id facerem, eo firmius ipsa me urgebat ut facerem.

Immo admonuit me ut homo "integer" fierem, qui numquam, eius iudicio, fiam si varietatem rerum non experiar.

Tata deinde intravit cubiculum meum ut sciret quid ageretur. Ego ei dixi Mammam me urgere ut partem in fabula scaenica scholae gererem, sed, si id fecissem, nullum tempus futurum esse mihi libramenta tollendi.

Scio Tatam ab me staturum esse sed, disputatione brevi cum ea orta, sententiam Mammae non praevaluit.

Quo pacto cras ad probationem actorum partium adibo.

Die Veneris
Fabula scaenica huius anni "De Mago Oziensi" appellatur. Multi discipuli se induerunt vestimentis scaenicis partium actorum quas petebant.

Equidem pelliculam cinematographicam huius fabulae numquam vidi. Ideo, his vestimentis conspectis, theatrum mihi videbatur dementium valetudinarium esse.

Domina Norton, praefecta musicae, omnes iussit "Patria Mea De Te Cano" canere ut voces audirentur. Probationem feci cum aliis pueris quos parentes coegerunt ad probationem. Conatus sum tacite canere ne audirer, tamen auditus sum.

Haud scio quid significet "vocem acutam habere," sed, de submissa puellarum cachinnatione quam audivi, scio certissime me non eam velle habere.

In perpetuum, ut mihi videbatur, probatio duravit. Exitus huius probationis factus est cum puellae partem Dorotheae petierunt quae, ut puto, pars principalis est.

Et quis alius hanc partem voluit quam Patricia Farrell!

Ideo me partem Veneficae volui petere quoniam, ut audivi, multa mala Dorotheae facit.

Sed deinde aliquis mihi dixit partes immo et Veneficae Bonae et Veneficae Malae esse, et, cum res mihi fere semper male vertant, reor me electum iri ad partem Veneficae Bonae agendam.

Die Lunae

Quamquam sperabam Dominam Norton me integre exscissuram ex fabula scaenica, hodie dixit nobis omnes qui probationem partium participaverunt aliquam partem habituros. Vae mihi!

Quo omnes melius sciremus fabulam "De Mago Oziensi", Domina Norton praebuit nobis pelliculam fabulae. Quam intuens, conabar constituere quam partem agere vellem, sed omnes, serius aut citius, vel canere vel saltare debent. Sed inter mediam partem pelliculae, constitui me acturum partes "arboris", quia arbores (I) non canunt, et (II) iaciunt poma ad Dorotheam.

Nihil maius mihi placebit quam, turba spectante, me poma iacere ad Patriciam Farrell. Quod si ita fit, gratiae mihi omnino erunt agendae matri meae, eo quod iussit me partem huius fabulae scaenicae probare.

Pellicula spectata, continuo constitui partem arboris agere. Sed multi pueri, proh dolor, eandem partem in animo habuerunt, quia multi, ut suspicor, Patriciam Farrell ulcisci voluerunt.

Die Mercurii

Ut Mamma semper dicit, cave quod optas, quoniam forte id habebis. Ego partem arboris accepi, et dubito quin bonum sit. Non sunt foramina in habitu arborum, ideo dubito quin poma ad Dorotheam iacere possimus.

Ut verum dicam, felicem me considerare debeo quod partem alicuius loquentis accepi. Enimvero cum tot pueri partes petissent, alias personas in fabula excogitare debuerunt.

Rodney James, exempli gratia, tametsi partem Lignatoris Stannei petivit, partem Fruticis accepit.

Die Veneris

Recordarisne me dixisse feliciter accepisse partem loquentis? Ego, mehercle, unum solum versum tota in fabula eloquar! Quem versum dico cum Dorothea pomum carpit de ramo meo.

Ideo quotidie oportet me ad meditationem
conferam ut unum solum dicam verbum.

Quo pacto censeo Rodney James, qui Fruticem
agit, meliorem partem accepisse, quia videolusum in
sinu habitus abscondere potest, ita ut certissime ei
tempus celerius volet.

Ideo omni studio conor ut eiciar ex ista fabula
scaenica. Sed cum unum solum versum dicam, difficile
est eum male dicere.

MENSIS DECEMBRIS

<u>Die Iovis</u>

Mox fabula efferetur, et nescio hercle quomodo fit, quandoquidem haud parati sumus ad eam efferendam.

In primis, nemo versus suos memoria tenet, quod problema Dominae Norton omnimodo attribuendum est.

Cum meditionem fabulae facimus, illa omnes versus ex orchestra susurrat.

Etenim mirabor si Domina Norton idem facere poterit cum ante clavicymbalum triginta pedibus distans consideat.

Aliud quod turbat est additio scaenarum et personarum a Domina Norton facta.

Heri, exempli gratia, quemdam puerum introduxit ex schola prima qui partem canis Totonis ageret, sed hodie mater eius accessit ad eam rogavitque ut filius potius duobus cruribus ambulet quam super terram repat, quia repere haud dignum est filio eius.

Nunc igitur canem habemus qui posteriobus artibus deambulat totam per fabulam scaenicam.

Magis autem dolendum est quod Domina Norton composuit carmen quod nos ARBORES debemus canere. Etenim nobis dicit omnes histriones carmen canendum meruisse.

Hodie igitur pessimum carmen omnium temporum didicimus.

Gratias Deo ago quod Roderigus aberit a theatro et non videbit me humillimum factum. Etenim Domina Norton dixit quod, cum fabula scaenica sit caeremonia formalis, spectatores vestes apparatas induent, et scio Roderigum numquam focale induere.

Feliciter insuper accidit hodie ut, ad finem meditationis, Archie Kelly, opponens pedem pedi Rodney James, ceciderit fregeritque dentem quia non potuit bracchia ante se extendere ad casum mitigandum.

Ideo gaudeo quod habitus arborum perfodere possumus ut foramina habeamus per quae bracchia extendamus.

Die Martis
Omnibus adstantibus, hac vespere fabula scaenica "De Mago Oziensi" tandem elata est.

Omen iam ab initio habui quod res male versurae erant quod, cum aulaeum aliquantum amovi ut frequentiam spectatorum viderem, certior factus sum Roderigum, focali cum fibula indutum, in primo ordine consedisse.

Comperit, nisi fallor, me canturum esse, et non facere potuit quin me humillimum derideret.

Fabula scaenica incohanda fuit hora octava, sed Rodney James, terrore proscaenii affectus, moram initio fecit.

Etenim miror quod persona quae nihil facit nisi in proscaenio tacitus moratur nimis timere potuit. Ille tamen movere se noluit, quo pacto mater eius venit ad eum de proscaenio demovendum.

Fabula tandem inchoata est hora octava et semihora. Etsi nemo fuit, ut praedixi, qui versus suos recordari possit, Domina Norton fabulam tamen promovit clavicymbalo canendo.

Puer qui partem Totonis agit in proscaenium attulit scamnum cumulumque libellorum pictographicorum, quo facto fabula haud credibilis fuit.

Cum tempus erat scaenae silvestris agendae, ego aliique arbores in loca nostra subsaltavimus. Deinde, aulaeo sublato, vocem Emmanuelis audivi.

Heia! Quinque annis hoc nomen nulli umquam patefeci, sed omnes habitantes in oppido meo extemplo deprehenderunt. Sescentos enim oculos me intuentes sensi.

Ad libitum ideo addidi versum quo aerumnam de me deflecterem inque Archie Kelly imponerem.

Sed aerumnae maiores iam futurae erant. Cum tempus esset carminis "Adeste arbores" canendi, stomachus meus, Domina Norton clavicymbalum canente, vehementer subversus est.

Etenim caveam attentius spectans, vidi Roderigum machinulam cinematographicam tenentem.

Et statim intellexi quod ipse, si illud carmen ridiculum cecinissem, istam videotaeniam in perpetuum conservaret ut me totam per meam vitam dedecoraret.

Nesciebam quid mihi faciendum esset, ideoque, carmine incepto, egomet tacui.

Primum res bene se habebat, quia, si non cecini, Roderigus nullam causam habiturus erat me deridendi. Paulo autem post, aliis arboribus innotuit me tacere.

Ipsi deinde opinantes, ut reor, me causam habere non canendi, tacuerunt etiam ipsi.

Deinde omnes tres illic stabamus nullum verbum proferentes. Ergo Domina Norton, ut mihi videtur, putans nos verborum cantici oblitos esse, ad proscaenium accedit et susurravit nobis carminis verba.

Etiamsi carmen non durat plus quam tribus temporis minutis, illa minuta videbantur tres dies. Orabam fervens ut id finiretur et, aulaeo deposito, de proscaenio saltare possemus.

Deinde statim vidi Patriciam Farrell ad ostium stantem. Illa, frontem contrahens, valde irata est. Timuit fortasse ne nos cursum suum honorum ad Viam Latam Novoeboracensem destrueremus.

Ea conspecta, illico memineram rationis qua volui arboris partem in primis agere.

Paulo post omnes arbores inceperunt iacere poma, Totone haud excluso.

Nescioquis nostri pomum in vitra ocularia Patriciae iecit, sed, vitrea lenticula confracta, Domina Norton fabulam scaenicam interrumpit, quandoquidem Patricia, sine vitris oculariis, haud videre potest quodcumque est ante oculos suos.

Fabula scaenica intermissa, una cum familia mea domum petivi. Mamma habebat in manu sua fasciculum florum quem, nisi fallor, dono mihi donare voluerat, sed illum potius in scirpiculum purgamentarium abiecit.

Spero autem fabulam tantum delectationis attulisse omnibus spectatoribus quantum mihi attulit.

<u>Die Mercurii</u>

Omnibus his ponderatis, iam nomen "Fatti" non curo quia, quintum post spatium scholae, pueros procaces vidi Archie Kelly exagitantes.

Quocirca tandem tranquillius spirare possum quod, illo agnomine effuso, nemo, ut spero, me taxabit.

<u>Die Solis</u>

Ob tanta negotia, haud tempus fuit mihi excogitandi de Die Festo Nativitatis Christi, et tamen is adveniet decem intra dies.

Non eius Festi appropinquantis meminissem nisi
Roderigus indicem donorum exoptatorum in
frigidario affigeret.

Roderigus dona
exoptat

1. Nova tympana
2. Novum autocinetum
   onerarium
3. Caput contractum

Equidem soleo indicem donorum exoptatorum
quotannis conscribere, sed hoc anno nihil volo nisi
videolusum nomine "Magum Corruptum."

Hac vespere Emmanuel perlegebat catalogum
Natalicium, illustrans peniculo rubro dona a se
exoptata. Emmanuel vero cuncta ludicra
illustrabat, etiam illa quae maximo constant,
tamquam ingens exemplum autocineti automatici et
alia huiusmodi.

Quamobrem ego interveni dixique ei consilia boni fratris maioris, quippe qui sim.

Itaque monui hoc eum: si solummodo tam percara dona illustrat, nihil recipiet nisi multa vestimenta. Hortatus sum eum ut tria vel quattuor dona minoris pretii illustret, quae proinde recipiet.

Sed consilio meo praetermisso, Emmanuel revertit ad omnia ludicra illustranda. Spero igitur fore ut serius aut citius ipse consilium meum capiat.

Cum ego septimum annum vitae meae agebam, nihil accipere volebam nisi "Barbarae Aedes Optimas," ac tamen non, ut dixit Roderigus, quia placuerunt mihi ludicra puellarum.

Censui solummodo quod illae aedes arx optima fierent militibus meis plasticis.

Sed, indice illius anni conspecto, magna rixa orta est inter matrem meam et patrem meum. Ex parte sua, Tata dixit se nullo modo comparaturum esse mihi domum puparum. Mamma vero respondit bene mihi futurum esse si ludicra omnium generum experirer.

Mirabile dictu, Tata illo proelio vicit. Ideo iussit me indicem ab initio conscribere, ludicra potius puerorum quam puellarum indicantem.

Ego autem telum clandestinum teneo in pharetra mea. Quoque Die Festo Natali, Carolus, patruus meus, dat mihi quodcumque cupio. Ideo dixi ei me Barbarae Aedes Optimas velle, et promisit se eas mihi paraturum esse.

Sed cum Dies Festus Nativitatis Christi advenit, quod dono dedit mihi minime fuit quod ab eo rogaveram. Forte factum est ut, cum intrasset quandam tabernam ludicrorum, emerit primam capsam chartaceam in qua verbum "Barbara" scriptum erat.

Ideo si videbis aliquando imaginem photographicam in qua ego teneo Barbaram in Acta Ludentem, scies quid factum sit.

Tata haud felix erat cum primum videret pupam Barbaram quam Patruus Carolus mihi donavit. Iussit mihi eam aut abiicere aut alicui tamquam beneficium dare.

Eam tamen conservavi et, ut verum dicam, fateor me semel vel bis ea ludisse.

Enimvero olim oportuit medicis extrahere minutum Barbarae calceum quem ego in naso imposui. Roderigus numquam ISTIUS STULTE FACTI oblitus est.

Die Iovis

Hac vespere ego et Mamma emptum ivimus ut munusculum pararemus illi viro cuius nomen de Arbore Donorum in ecclesia nostra cepimus. Arbor Donorum similis est "Patri Nicolao Abscondito", qua donum emas alicui indigenti.

Mamma paravit thoracem laneum rubrum pro viro nostro indigenti.

Equidem monui eam ut aliquid melius emeret, tamquam televisorium vel machinulam glaciei dulci conficiendae vel aliquid huiusmodi.

Finge tibi nihil Die Natali accipienti nisi thoracem laneum rubrum!

Non est dubium quin ille vir indigens thoracem abiiciat simul cum decem pyxides ferreas patatarum dulcium quas dedimus illi in Die Festo Gratiarum Agendarum.

Die Festo Nativitatis Christi

Summo mane, cum primum experrectus sum, descendi ad sessorium et mirabar quot dona sub arborem nataliciam sint relicta. Sed cum quaerebam aliqua dona mihi destinata, fere nullum inveni.

Sed Emmanuel multa dona meruit. Enimvero OMNIA ET SINGULA LUDICRA quae in catalogo circumscripserat, ille prorsus accepit. Ideo laetus est, ut suspicor, quod consilium meum repudiavit.

Nonnulla tamen dona mihi ipsi inveni, sed plerumque fuerunt libri et socci et alia huiusmodi.

Aperui autem dona mea post spondam, quia semper timeo ne Tata chartam emporeticam protinus excipiat. Nam timet Tata ipse ne sessorium sordidum fiat.

SCINDIT

Ego helicopterum Emmanueli dedi et Roderigo librum de musica nutando et volvendo. Roderigus invicem mihi dedit librum charta emporetica carentem. Nomen libri est "Optimae Narrationes de Parvo Pulchello", quae picta historiola pessima est in nostris actis diurnis. Neque ignorat Roderigus quam molesta sit mihi. Iam vero quattuor annos eamdem ab eo accipio.

Deinde dona dedi patri et matri meis. Easdem res quotannis paro, sed istae re vera placent omnibus parentibus.

Alii cognati venerunt circa horam undecimam, et
Patruus Carolus meridie advenit.

Patruus Carolus portavit ingentem sacculum
plasticum donorum impletum, ex quo meum ante
omnia extulit.

Fasciculus, ut mihi videbatur, videolusum Magum
Corruptum continere potuit, ideo dubium non fuit
mihi quin Patruus Carolus gratissimum mihi fecisset.
Mamma photomachinam paravit et chartam
emporeticam scindi.

Sed imago photographica fuit ipsius Patrui Caroli.

Male, ut opinor, delusionem meam celavi, quia Mamma valde irata est mihi. Sed quid est mihi dicendum? Laetor me puerum esse quia, si adultus essem, munuscula adultorum accipere deberem et non credo me hoc tolerare posse.

In cubiculum deinde ivi ut paulum requiei caperem.
Sed paulo post, Tata ostium pulsavit dixitque
donum meum in receptaculo autocineti se
conservare quia id charta emporetica non potuit
involvere.

Et, cum intravissem receptaculum autocineti, novum
apparatum libramentorum vidi.

Non dubium est mihi quin multi constiterit ei. Qua re anima mihi in naso erat, quia non potui ei confiteri mea non diutius interfuit libramentorum tollendorum, lectionibus luctandi iam expletis. Ideo gratias ei egi.

Tata, ut opinor, exspectabat me extemplo apparatu libramentorum usurum esse, sed rogavi ut me excusatum haberet intusque redivi.

Circa horam sextam cognati profecti sunt.

Exinde consedi in sponda intuens Emmanuelem ludicris ludentem dolensque fatum meum. Accessit mihi mater mea dicens se munusculum post clavicordium invenisse in quo scriptum erat: "Ad Gregorium, a Sancto Nicolao."

Cum capsa esset grandis, primum non existimabam Magum Corruptum esse. E contra Mamma interdum maghis capsis utitur ad minora munuscula continenda, ut fecit anno praeterito quando tesseram memoriae pro systemate meo lusorio in capsa magna includit.

Charta emporetica avulsa, munusculum inveni. Non hercle fuit Magus Corruptus, sed magnus thorax laneus ruber.

Primum opinabar Mammam eum mihi per iocum dedisse, quandoquidem eundem thoracem emimus pro viro indigenti cuius nomen in Arbore Donorum cepimus.

Sed mater mea etiam videbatur turbata, dicens se RE VERA videolusum mihi emisse et se valde emirari quod iste thorax in capsa fuit.

Enodavi demum ego ipse quid factum sit. Dixi
Mammae duo munuscula conturbata esse, eo quod ego
accepi munusculum viri indigentis ipseque accepit meum.

Mamma deinde fata est utrumque munusculum eodem
genere chartae emporeticae involvisse atque pittacia
nominum forte confudisse.

Sed deinde asseruit hanc confusionem bonam esse,
quatenus potuit fieri ut homo indigens valde laetus
esset quod exoptatissimum donum accepit.

Explanavi autem ei quod, si quis lusum Magum Corruptum ludere vult, necessarium est systema lusorium necnon televisorium habere.

Quamvis in peiorem versus sit hic Dies Festus Nativitatis Christi mihi, pessimum existimo fuisse ei misero homini indigenti.

Ideo finem feci huic Diei Festo Natali meque contuli ad domum Rolandi.

Fugit me munusculum natalicium Rolando emere, ideo fasciam super librum "Optimae Narrationes de Parvo Pulchello" affixi et Rolando eum dedi.

Et eo dato, Rolandus satis mihi contentus videbatur.

Cum parentes Rolandi magnis opibus praediti sint, scivi certissime me munusculum bellum ab eo accepturum.

Sed Rolandus dixit se ipsum munusculum elegisse hoc anno, ideo me foras perduxit ut id mihi praestaret.

Rolandus donum suum tanta quidem superbia iactabat ut ego putarem magnum televisorium vel autobirotam esse.

Sed adhuc spem meam fallit.

Rolandus dedit mihi Trirotam Magnam. Si gradum tertium scholae agerem, forsitan hoc munusculum mihi bellum videretur, sed quid mihi cum Trirota Magna nunc?

Rolandus vero tam laetus erat de dono mihi dato ut enixe equidem darem operam ut laetus etiam ego viderer.

Deinde domum introivimus et Rolandus opulentia natalicia quae accepit mihi demonstravit.

Ac revera ille plus accepit quam ego. Accepit adeo Magum Corruptum, quo videolusu nunc egomet ludere possum quandocumque domum eius visitabo; vel saltem donec pater eius comperiat quam violentus sit.

Edepol! Numquam vidi aliquem feliciorem quam Rolandum cum "Parvo Pulchello." Mater eius dixit istum librum fuisse solum donum ab eo exoptatum quod non accepit.

Eu edepol gaudeo quod ALIQUIS accepit quod voluit hodie!

In pervigilio anni novi

Si quaeris qua re maneam in cubiculo meo in Pervigilio Anni Novi, certiorem te nunc faciam.

Dum ego et Emmanuel iocose luctabamur in hypogaeo, linum nigrum in tapeti repperi quod dixi Emmanueli araneam esse.

Deinde, linum super faciem eius tenens, finxi me alere eum cum ista "aranea."

Quando Emmanuelem liberaturus eram, manum meam percussit ceciditque linum in ore suo. Et quid factumst? Ille, edepol, linum glutivit!

Quo facto, Emmanuel plane delirus erat. Cucurrit sursum ad Mammam, et ego magnum malum ab ea exspectabam.

Emmanuel dicit me iussisse se araneam edere. Ego autem dixi Mammae araneam omnino non esse sed linum nigrum.

Mamma vero duxit Emmanuelem ad mensam culinae. Deinde posuit in patella semen, uvam passam et uvam, et iubet Emmanuelem seligere qualem ex his rebus simillimam lino quod ipse glutivit esse.

Emmanuel attente inspexit omnia haec tria.

Ac deinde ad frigidarium ivit tulitque ex eo aurantium.

Hac de causa, hora septima Mamma ad cubiculum me compulsit ne specialem exhibitionem televisificam Novi Anni spectem.

Etenim hac de causa firme constitui per Annun Novum numquam cum Emmanuele ludere.

MENSIS IANUARII

<u>Die Mercurii</u>

Excogitavi quomodo nos delectare possimus cum Trirota quam Rolandus mihi dono dedit. Lusum adinveni in quo alter Trirota vehitur per declive dum alter in alterum pedifollem iacit ut de Trirota cadat.

Rolandus fuit primus in Trirota Magna et ego primus pedifollem iaciebam.

Non tam facile est scopum moventem attingere quam censui. Defuit mihi quoque exercitatio collineandi. Insuper et quoties Rolandus cursum finivit, diutius ad culmen Trirotam Magnam traxit.

Rolandus continenter me rogabat ut Trirotam Magnam gubernarem. Sed pro quo me habebat? Pro stulto? Nam sciebam Trirotam celerrime per declive currere. Neque fuerunt ei sufflamina.

Sed utcumque res se habent, nondum everti Rolandum e Trirota. Ergo continenter faciam exercitationes collineandi has per ferias Natalicias.

Die Iovis
Priusquam exire possem ad domum Rolandi ut lusu luderemus denuo cum Trirota Magna, Mamma iussit me epistolas scribere ad gratias agendas iis qui dona natalicia mihi donarunt.

Primo aspectu facile mihi videbatur omnes epistulas scribere intra dimidiam horam. Haud vero facile erat, quia, calamo in manu sumpto, cerebrum meum vacuum evasit.

Haud facile gratiae aguntur, crede mihi, pro munusculis quae noluisti accipere.

Quo facilius inciperem, gratias conatus sum agere pro omnibus donis praeter vestimenta. Sed, duabus vel tribus epistolis scriptis, animadverti me eadem verba in omnibus scripsisse.

Ideo dactylographavi unum exemplum in computatro, spatiis relictis pro verbis mutandis. Facillime deinde omnes epistolas scribere potui.

Amitae Lydiae, Gregorius s.p.d.

Sescentas tibi gratias ago pro encyclopaedia !
Quomodo scivisti quale donum in Festo Natalis
Domini voluerim?

Placet mihi quomodo encyclopaedia appareat in
pluteo meo !

Omnes amici mei invident mihi quod habeo
encyclopaediam.

Tua gratia, hic Dies Festus Nativitatis Domini
quam optimus fuit!

Vale, Gregorius

Hoc systema utile fuit ad primas epistolas
scribendas, sed postea minus.

Materterae Lorettae, Gregorius s.p.d.

Sescentas tibi gratias ago pro bracis !
Quomodo scivisti quale donum in Festo Natalis Domini
voluerim?

Placet mihi quomodo bracae appareant in cruribus
meis !

Omnes amici mei invident mihi quod habeo bracas .

Tua gratia, hic Dies Festus Nativitatis Domini quam
optimus fuit!

Vale, Gregorius

Die Veneris

Everti demum Rolandum e Trirota Magna hodie. Sed non factum est ut volui. Quamquam enim volui pedifollem ad humerum eius eicere, male eieci et in rotam anteriorem evasit.

SUBVERSUS

Rolandus, bracchiis extensis, enixus est ut casum mitigaret, sed grave nocuit sibi in manu sinistra. Sperabam fore ut statim surgeret consideretque iterum in Trirota, sed non ita fecit.

Exinde temptavi animum suum iocis erigere, sed, solitis iocis quos dico dictis, ille non risit.

Intellexi igitur ei reapse male fuisse.

Die Lunae

Feriis Nataliciis peractis, in scholam redivimus.
Commemorasne casum Rolandi de Trirota Magna?
Ob eum casum, edepol, manum fregit mitellamque
gerit. Quapropter omnes circumdederunt eum hodie
plaudentes collaudentesque eum tamquam heroem.

Volui equidem ego misericordia erga eum uti, sed conatu misere cecidi.

Quo facilius Rolandus prandium sumeret, turba puellarum ad mensam suam invitavit ut ALERET eum.

Attamen Rolandus, manu sinistra fracta, facillime tamen cibum sibi dare potest, quandoquidem laevus NON est. Hoc permoleste fero.

Die Martis

Optimam, ut opinor, occasionem fraudis praebuit vulnus Rolandi, ideo constitui me quoque vulnera subire.

Itaque pannis Gazensibus domi inventis, manum meam iis obvolvi ut laesus aliis viderer.

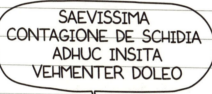

SAEVISSIMA CONTAGIONE DE SCHIDIA ADHUC INSITA VEHMENTER DOLEO

Non vero intellexi quare puellae non circumdederint me sicut Rolandum. Tunc mihi innotuit problema.

Omnes prorsus puellae in fascia gypsia nomina sua inscribere volunt, sed haud facile est nomen calamo scribere in mollibus pannis Gazensibus.

Excogitavi igitur solutionem qua omnes nomina sua scribere possent.

In exitu autem, manu mea fascia involuta, paucissimos miserentes mihi traxi nisi duo vel tres qui non, ut verum dicam, tales fuerunt quales volui ad me miserandum attrahere.

Die Lunae

Hebdomade proxima, tertiam partem anni accademici incepimus, quamobrem plurimas novas lectiones habeo, inter quas una "Studium Liberum" nominatur.

VOLUI me inscribere in cursu "Res Domesticae II," quia facile probatus sum in cursu "Res Domesticae I."

Sed facultas suendi non multum favet plebis favori in schola media.

Utcumque est, hic cursus "Studium Liberum" numquam antea in schola nostra praebitus est, ideo primum probatur.

Ratio huius cursus est haec: magistro absente, omnes studentes suas colligunt vires in unum inceptum quod una conficere debent ante finem semestris.

Incepto autem confecto, omnes studentes puncta paria ferunt. Cum vero Richardus Fisher in cursu sit, omne punctum haud facile, meo iudicio, feremus.

Nam Richardus praeclarus est quod, si quinquaginta asses solves ei, masticatorium iam mansum sub mensa scriptoria inventum libenter mandet. Qua re minime spero nos omne punctum in Studio Libero ferre.

Die Martis
Hodie nos certiores fecerunt de incepto quod debemus facere hoc semestri. Robotum debemus componere.

Ab initio omnes timuerunt ne ex nihilo deberemus robotum componere.

Sed Dominus Darnell pro certo affirmavit nos minime composituros esse verum robotum. Tantummodo excogitandum erat nobis cuius generis robotum futurum sit et quid facturum sit.

Tunc Dominus Darnell ex aula exivit ut inceptum inchoaremus. Scribo equidem sententias meas in tabula atra.

Placuerunt omnibus sententiae meae, sed facillime eas excogitavi. Nihil scripsi nisi ea quae facienda moleste fero.

Sed tunc nonnullae puellae in anteriore parte aulae surrexerunt et, sententias meas delentes, suas scripserunt.

Illae enim componere voluerunt robotum quod consilium det sibi de constitutis cum amatoribus ac fucandi stilos pro digitis habeat.

Pueri vero uno ore consenserunt in istis puellarum sententiis reiciendis. Ideo nos dividimus in duas turmas: altera puellarum, altera puerorum. Pueri se segregarunt ab una parte aulae dum puellae huc et illuc deambulabant confabulantes.

Nos vero luculenti in uno loco congregati, naviter opus nostrum sumpsimus. Aliquis dixit robotum componendum esse qui, nomine tuo dicto, idem nomen repetere possit.

SALVE ROBERTE pergratum est mihi te convenire ROBERTE .

SALVE ROBERTE

Tunc aliquis recte dixit impediendum esse ne quis exsecrationes roboto dicat, ne ipsum, omnia verba repetens, indecore exsecretur. Quapropter indicem scripsimus omnium verborum quae nefas sit vel nobis dicere ne robotum sermone inurbano uteretur.

Omnibus exsecrationibus nobis notis scriptis, Richardus Fisher viginti alias etiam dixit quae numquam antea audivimus.

Ideo factum est ut Richardus inter optimos adiutores hoc in incepto adnumeretur.

Paulo ante tintinnabulum sonavit, Dominus Darnell in aulam revertit ut certior fieret de incepto nostro. Deinde chartam in qua exsecrationes scripsimus perlegit.

Ut breviter dicam, Studium Liberum huius semestris omnino revocatum est.

Quatenus, id est, ad pueros pertinet. Ideo si aliquando videbis robota deambulantia cum fucandi stilis pro digitis, intelleges quomodo factum fuerit.

Die Iovis

Hodie in schola taeniolam cinematographicam visimus cui titulus est "Optimum me censeo," quae taeniola quotannis nobis exhibetur.

Haec taeniola demonstrat quam laudabile sit cuique bene se aestimare neque quidpiam de se mutare velle.

Ut verum dicam, pessimum, mea sententia, hoc consilium est pueris qui meam frequentant scholam.

Taeniola praebita, nuntiaverunt nobis quod Cohors Vigilum indiget novis vigilibus, quod nuntium excitavit cogitationes meas.

Nam si quis malum infert in Vigilem, suspensionem ab schola subit. Atque ego indigeo maximae tutelae.

Scio insuper me, si auctoritate in schola uteris, optimas occasiones habiturum esse.

Ivi igitur in officinam Domini Winsky et nomen meum inscripsi. Curavi quoque ut Rolandus se inscripserit. Arbitrabar necesse forsitan esse exercitationes corporis facere ut demonstraremus facultatem nostram studentes protegendi, sed Dominus Winsky balteos insigniaque Vigilum nobis ilico dedit.

Ille autem nos conlocavit in loco speciali. Schola enim nostra proxima est scholae primariae, in qua situs est hortus infantium, cuius alumni solummodo dimidiam partem diei in schola agunt.

Ideo Dominus Winsky voluit nos meridie illos alumnos domum comitari. Sed ut id faciamus, magnam partem lectionis Mathematicae debebimus praetermittere. Rolandus, idem intelligens, aliquid contra dicturus erat, sed eum, antequam ille omnem sententiam protulerit, vellicavi sub mensa scriptoria.

Mirabile dictu! Duos parietes de eadem fidelia dealbavi. Nam et protegar me a procacibus et praetermittam semihoram Mathematicae. Et feci fere nihil.

<u>Die Martis</u>

Hodie primum diem egimus in Cohorte Vigilum. Cum conlocati simus in locis specialibus, non necesse erat nobis stare foris bene mane in gelu et frigore.

Sed hoc non impedit ne potum cacaotinum bibamus aliis cum Vigilibus priusquam incipiat dies scholasticus.

PROPINATUM

Insuper etiam possumus advenire ad primum spatium scholae decem minutis post tempus.

SAL-VE!

Valde prodest mihi Vigilem esse!

Hora duodecima et quadrante, Rolandus et ego exivimus ut alumnos domum comitaremur. Totum iter duravit horam dodrantem. Itaque tantummodo novissimam partem Mathematicae participare debuimus.

Iter facillime erat. Sed factum est ut quidam alumnus statim oboleret quia, mea sententia, alvum in bracis interioribus exoneravit.

Conatus est me certiorem facere de re, sed ego nec stiti nec erravi a cursu. Etenim libenter puellos puellulasque domum comitor, sed crede mihi, subligaria infantilia minime mutabo.

MENSIS FEBRUARII

Die Mercurii

Hodie factus est primus casus nivis hoc tempore
hiemali. Examen in Mathematicae dandum nobis
erat hodie, ideo gaudeo me id non obiturum esse,
quia, Vigil factus, minus vires intendo nunc in
doctrinam mathematicam.

Vocavi Rolandum et monui eum domum meam
venire. Iamdudum loquimur de maximo viro nivali
faciendo.

Et cum maximum virum nivalem dico, ioco remoto
dico, quippe qui in "Indice Guinness Culminum
Mundanorum" nomina nostra referre velim.

FULGUR

Sed quoties virum nivalem incepimus facere, toties nix statim liquit, ita ut pilae non bene conservari possent ac rem reliquimus. Itaque hoc anno incipere volui quam primum.

Cum primum venit Rolandus, primam pilam nivis inchoavimus fundamento iacendo. Summatim equidem computavi pilam circuitu octo pedes necessariam esse si culmen mundanum superare volumus. Sed hoc modo pilam maximi ponderis fecimus, ita ut requiescere nobis oporteret quo melius respiraremus.

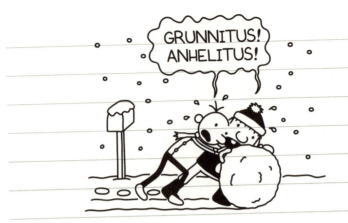

Intervallo imposito, Mamma voluit exire obsonandi causa et, cum pila nivis autocinetum praeclusit, ipsa, nobis requiem capientibus, eam demovit.

Post intervallum, Rolandus et ego istam pilam propulimus donec ultra non possemus. Sed cum a tergo inspeximus, eu edepol, res turbulentas!

Tam gravis erat pila ut totum pratulum, quod tempore autumnali Tata stravit, pila ipsa retraxit.

Sperabam fore ut continuo ningeret ut vestigia nostra obtegerentur, sed statim cessavit.

Consilium nostrum maximi viri nivalis faciendi confestim delabebatur. Ideo alium scopum pilae nostrae excogitavi.

Quandocumque ningit, pueri de Via Whirley invadunt in vicum nostrum ut de colle nostro traheis labantur.

Ideo cras mane, cum pueri de Via Whirley ascendunt collem nostrum, Rolandus et ego pilam de fastigio collis missam faciemus.

Die Iovis

Experrectus hac mane, animadverti nivem iam liquescere. Ideo vocavi Rolandum iussique eum ad domum meam venire.

Me in area domus Rolandum exspectante, Emmanuel parvum pupulum nivalem conatus est facere ex micis nivis quae relicta sunt de pila nostra.

Ut verum dicam, visus lamentabilis fuit.

Ideo nullo modo resistere potui quin facerem quod deinde feci. Attamen eo ipso tempore Tata ex fenestra nos intuebatur.

Tata iam iratus erat quod pratulum retraxi, ideo certo sciebam illum graviter me puniturum esse. Audivi ianuam receptaculi autocineti se pandentem vidique ipsum, palam portantem, ad me gradatim appropinquantem, itaque paratus iam eram ad eum fugiendum.

Non vero me, sed pilam meam adivit, ac brevi tempore illam prorsus delevit.

Paulo post Rolandus venit. Sperabam eum pilam nostram perditam iocaturum esse.

Sed videtur Rolandum valde cupivisse pilam de colle volvere, quia vehementer iratus est. Sed cave ne male intelligas: Rolandus succensuit potius MIHI quam PATRI, licet PATER deleverit pilam, non EGO.

Dixi Rolando eum gerere tamquam infantem atque rixari incepimus. Cum a verbis ad verbera versaretur, aliqui nobis extemplo insidiati sunt.

Has insidias paraverunt nobis nulli nisi pueri de Via
Whirley.

Et si adfuisset ibi Domina Levine, magistra mea
Linguae Anglicae, dixisset hanc rerum conditionem
"ironicam" esse.

Die Mercurii

In schola hac mane nuntiatum est novo gryllorum
descriptore indigere officinam actis diurnis edendis.
Enimvero adhuc unus tantum est descriptor, Brennus
Little, qui iam diu locum tenuit.

Brennus describit gryllos quibus nomen est "Canus Insanus" qui antehac valde ioculares fuerunt.

Nuper autem Brennus his gryllis usus est ut inimicos ulciscatur. Qua re, ut videtur, dimissus est.

Canus Insanus

Brennus Little

Eho! Canis Insane! Dic nobis FACETA!

Immo vero habeo graviora dicenda hodie.

Susanna Lim, si hoc legis: Brennum paenitet amicissimam tuam Rachaelam post loculamenta basiavisse. Sperat fore ut miserearis ei.

P.S. Barrie Palmer, Brenno adhuc debes quinque dollaros, **INEPTE!**

Nuntio audito, constitui equidem me probationem facere. Praeclarus fuit Brennus suos ob gryllos, et ego quoque praeclarus fieri volui.

Famam aliquantulum iam attigi cum victori proximus fui in certamine quo proscriptionem contra fistulas nicotianas describere debui.

Feci solummodo exemplar cuiusdam imaginis quam in ephemeride fratris mei inveni. Feliciter accidit ut nemo sciverit me fraudem fecisse.

Victor in certamine fuit puer nomine Christophorus Carney. Equidem moleste fero quod Christophorus duas capsellas fistularum quotidie consumit.

Die Iovis

Ego et Rolandus statuimus coniunctim gryllos describere. Post scholam ille venit apud me et sedulo dedimus operam rei.

Multas personas citius descripsimus, sed hoc facilius fuit. Nam cum animum vertimus ad iocos fingendos, difficilius erat et compressis manibus sedebamus frustra eos excogitantes.

Demum solutionem proposui.

Excogitavi gryllum cuius acumen est semper "Zeu-Hic Mama!"

Hoc modo, calliditate relicta, operam impendimus magis in imagunculas describendas quam in iocos novellos inveniendos.

Ab initio ego descripsi imaguncalas et sententias dum Rolandus describit tantummodo capsellas quadratas circum imaguncalas.

Rolandus de suo parvo labore questus est. Itaque permisi ei ut nonnullos gryllos sua vice describeret.

Sed, fatendum est enim, doleo quod grylli ab eo descripti peiores fuerunt et minus ingeniosi quam illi a me descripti.

Ad postremum taeduit me istius notionis "Zeu-Hic Mama" et ideo tradidi totam rem Rolando ut ille posset scribere quodcumque voluit.

Et, crede me, minus callet imaginibus delineandis quam fabulis excogitandis.

Monui ut alias personas et narrationes describeremus, sed ille voluit continenter scribere gryllos "Zeu-Hic Mama." Ideo, collectis libellis pictographicis suis, domum petiit. Quod tamen ego bene habui quoniam socium qui nasos non delineat haud tolerare possum.

<u>Die Veneris</u>

Rolando profecto, incubui ut alios gryllos describerem. Effinxi personam nomine Claudium Caudicem, et prorsus laboravi.

CLAUDIUS CAUDEX   Gregorio Heffley auctore

Scripsi citissime viginti narrationes circa, neque sudavi.

QUIDNAM EST IN HAC BELLULA CAPSELLA?

ISTUD NON CAPSELLA EST, TRUNCE, IMMO VERO LATER!

EIA. IAM CONATUS SUM ID APERIRE TOTUM PER DIEM.

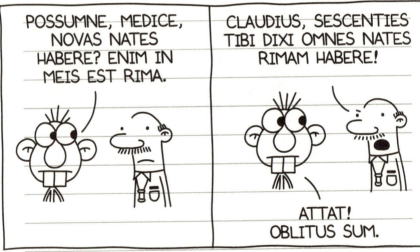

POSSUMNE, MEDICE, NOVAS NATES HABERE? ENIM IN MEIS EST RIMA.

CLAUDIUS, SESCENTIES TIBI DIXI OMNES NATES RIMAM HABERE!

ATTAT! OBLITUS SUM.

Maxime gaudeo quod, quotiescumque novos iocos quaero ad hos gryllos de Claudio Caudice describendos, TOTIES caudices qui frequentant scholam meam inspirabunt.

Cum ad scholam adveni hac mane, gryllos meos attuli ad officinam Domini Ira, moderatoris actorum diurnorum.

Animadverti autem multos alios studentes suos gryllos iam ei tradidisse.

Quorum maior pars feliciter malas fuisse, ideo non multum timendum est mihi.

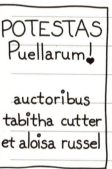

POTESTAS Puellarum!

auctoribus tabitha cutter et aloisa russel

noli appropinquare ad mensam nostram tyler green!

itaque! nam minime es bellulus!

euhoe!

CASUS

POTESTAS Puellarum!

PLAUSUS

Gryllus quidam vocatur "Magistri Stulti", cuius auctor est puer nomine Villelmus Tritt.

Villelmus semper in custodia post scholam est, ideo reor eum omnes fere magistros indignari, Dominum Ira inclusum.

Itaque non timeo ne Villelmus victoriam reportet in certamine.

Duo vel tres grylli tamen haud mali fuerunt quos, ne facile conspicerentur, intra acervum chartarum super mensam Domini Ira abscondi.

Spero fore ut ille non reperiat illos antequam ego scholam superiorem incipiam.

OCCULTAT

Die Iovis

Hodie, inter nuntia per echea prolata, nuntium valde exspectatum audivi.

ET NOVUS GRYLLORUM DESCRIPTOR PRO ACTIS DIURNIS EST... GREGORIUS HEFFLEY!

Deinde acta diurna edita sunt sub prandium et omnes legebant ea.

Etsi vehementer desiderabam acta diurna afferre et legere, censui tamen melius esse me aliquantulum defervescere et exspectare.

Ad extremem partem mensae pransoriae consedi ut spatium esset fautoribus meis qui cupiebant autographum meum. Sed nemo accedit ad me laudandi causa. Quid erat negotii?

Eripui acta diurna et, absconditus in balneo, ea legi. Edepol! Inspecto gryllo, quasi impetu cardiaco temptatus, obstupefactus sum.

Dominus Ira mihi dixit se gryllum meum "aliquantulum emendavisse." Ex hoc putavi equidem eum orthographiam vel huiusmodi correxisse, sed re vera gryllum omnino laniavisse.

Praeterea gryllum quem mutilavit ego praedilexi. Nam in pristino gryllo quem scripseram, Claudius Caudex examen in mathematica facit illudque per accidens edit. Deinde magister increpat eum tamquam ineptum.

Sed post emendationes Domini Ira, gryllus videtur plane alius.

Claudius Studens Curiosus

a Gregorio Heffley auctore

Magister, si
"A" + XLIII = LXXXIX,
quid significat "A"?

Claudi, "A" significat XLVI!

Gratias tibi ago, Magister! Iuvenes, si doctrinam mathematicam perdiscere vultis, venite ad officinam Domini Humphrey quandocumque ille studentes accipit, vel ad bibliothecam ut inspiciatis novos libros mathematicos et scientificos.

Quare dubito quin aliquis fautor autographum mea manu scriptum quaerat.

DULCICULE!

IMPULSUS

MENSIS MARTII

<u>Die Mercurii</u>

Nobis Vigilibus potum cacaotinum in refectorio sorbillantibus hac mane nuntium per echea prolatum est.

Rolandus exivit ad officinam Domini Winsky redivitque paulo post vehementer territus et tremulus.

Factum est ut aliquis telephonaret Dominum Winsky querendi causa, quod Rolandus, ut apparet, dum ducit infantes ex horto infantium ad domos, eos "terroristice" vexavit. Quocirca Dominus Winsky vehementer iratus est.

Rolandus dixit Dominum Winsky decem minuta increpuisse in se atque obiurgasse se de "insolentia tua erga insigne Vigilis."

Scio equidem, ni fallor, quid factum sit. Nam hebdomade proxima, cum Rolandus quaestiunculam in quarto spatio sustinere debuerit, egomet infantes domum duxi.

Mane pluerat, quocirca multi lumbrici in crepidine fuerunt. Qua re aliquantulum taxare infantes constitui.

Sed nescioquam mulier vidit me infantes taxantem atque increpuit in me ex pergula sua.

Fuit, fatendum est enim, re vera Domina Irvine, amica matris Rolandi, quae perperam censuit me Rolandum esse, quia eo die amiculum Rolandi mutuatus sum. Haud vero volui corrigere errorem.

Cuius facinoris omnino oblitus sum ante hodiernum diem.

Utcumque res se habeant, Dominus Winsky iussit Rolandum se infantibus excusare atque sustentationem ab officio vigilandi imposuit ei unam per hebdomadem.

Scivi mihi confitendum esse quod egomet hoc scelus commisi, sed nondum paratus eram ad id confitendum. Intellego enim quod, si scelus confiterer, privilegium potus cacaotini bibendi perderem. Et quidem ob hoc solum nolui confiteri neque volo nunc confiteri.

Inter cenam, Mamma animadvertit me aliquo negotio vexari. Ideo venit ad cubiculum meum colloquendi causa.

Dixi me in angustiis esse nec scire quid mihi faciendum.

Laudo Mammam quia benigne me tractavit. Non nimis curiosa erat neque conata est omnia ex animo meo vi extrahere. Hortata est tantummodo ut maxime dem operam ut "iustum" faciam quia, ut illa dixit, "quod eligimus, sumus."

Hoc, mea sententia, consilium est bonum. Tamen in medio relictum est quid facturus sim.

Die Iovis

Totam noctem pervigilavi animo volutans quid faciendum sit mihi. Deinde mentem tandem constitui. Decrevi culpam, amicitiae nostrae gratia, hac vice a Rolando accipiendam esse. Forsitan idem aliquando pro eo faciam.

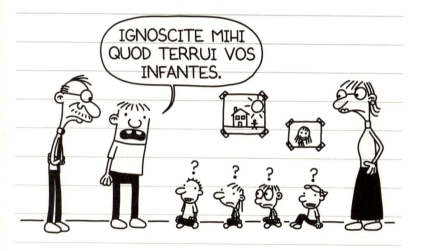

Post scholam aperte dixi Rolando quid factum sit. Confessus sum ei me ipsum infantes lumbricis terruisse et Dominum Winsky perperam eum accusavisse.

Deinde dixi ei utrumque nostrum aliquid didicisse de hoc negotio. Ego didici me cautiorem necesse esse ante domum et prae oculis Dominae Irvine, et ille didicit optimam doctrinam: scilicet, cave ne ad quempiam amiculum des.

Ut verum dicam, Rolandum haud didicisse quicquam mihi videtur.

Habebamus enim constitutum post scholam hodie, sed ille mihi dixit se defatigatum nimis esse domumque potius ire.

Atque ei haud improperare potui. Quia si ego potum cacaotinum mane non bibissem, vix vires mihi ad lusus ludendos suppetivissent.

Cum ex schola redierim, Mamma stabat ad ianuam praestolans mihi.

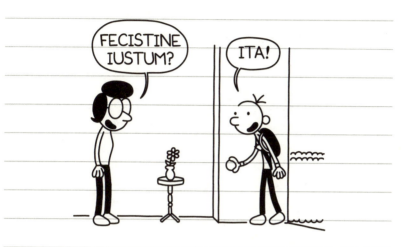

Exinde, ut me praemio afficeret, duxit me ad gelidam sorbitionem edendam. Ergo hoc est quod maxime didici ex omnibus his difficultatibus: operae pretium est nonnumquam exaudire matrem tuam.

<u>Die Martis</u>

Aliud nuntium factum est per echea hac mane et, ut verum dicam, haud inexpectatum erat, quia sciebam me poenam meritus esse.

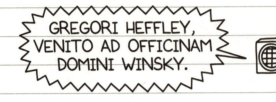

Sciebam me serius ocius discrimen aditurum esse quandoquidem facinus nondum confessus sum.

Statim intellexi Dominum Winsky vehementer iratum esse. Dixit mihi se certiorem factum esse a "quodam relatore anonymo" quod ego verus fui reus qui infantes lumbricis exagitavit.

Deinde dixit me a Cohorte Vigilum dimissum esse "eo ipso tempore."

Haud, mehercle, me exploratorem oportet fuisse ut scirem relatorem anonymum Rolandum fuisse.

Vix credere possum Rolandum me confodere in tergo potuisse. Dum auscultabam Dominum Winsky me obiurgantem, recordabar me oportere sermonem cum Rolando habere de fidelitate amicorum.

Paulo post, insigne Vigilum restitutum est Rolando quem, edepol, Dominus Winsky etiam PROMOVIT, dicens Rolandum, "iniuste in suspicionem vocatum, dignitatem exhibuisse."

Ab initio in animo habui Rolandum pulchre percopolare, sed quando rem recogitavi, consilium mutavi.

Enimvero mense Iunio omnes praefecti Cohortis Vigilum iter faciunt ad consaeptum recreatorium "Sex Vexilli" nominatum, ad quod iter quisque potest amicum invitare. Itaque omnes vires intendere debeo ut eam invitationem ab eo accipiam.

Die Martis

Ut iam dixi, pessime est dimitti a Cohorte Vigilum quia privilegium potus cacaotini bibendi perdidi.

Quotidie adeo bene mane ad ostium posticum refectorii, sperans Rolandum mihi praebiturum esse poculum.

Sed ille aut surdus est aut nimis versatus in amorem aliorum vigilum alliciendum, quia nihil mihi curat.

Rolandus, ut opinor, re vera semper minus curat mea. Admodum ille quasi INIMICUM me habet. Hoc vero molestissime fero, quia, si bene memini, IPSE prodidit amicitiam MEAM, non ego eius.

Quamvis Rolandus omnino sit larva his diebus, ego tamen pacem conciliare temptavi cum eo, sed neque istud bene evasit.

MENSIS APRILIS

<u>Die Veneris</u>

Usque a tempore fraudis lumbricorum, Rolandus quotidie aedes frequentat cum Collin Lee post scholam. Quod peius est, ego habeo Collin tamquam amicum "succedaneum" MEUM.

Etenim hi duo ridiculossisime se gerunt. Hodie easdem tuniculuas sunt induti, quo pacto ego volui quasi vomere.

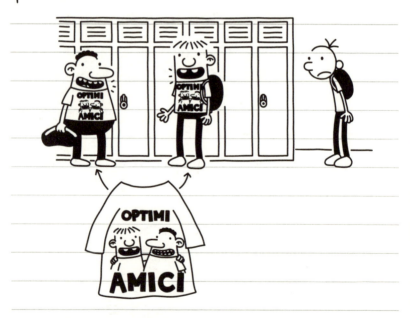

Hac vespere post cenam, ego vidi Rolandum et Collin una ambulantes atque hilariter inter se colloquentes.

Collin habebat saccum dormitorium, qua re certo sciebam eum noctem acturum esse apud domum Rolandi.

Quamobrem equidem EGO totam noctem apud domum alicuius amici agere firmiter constitui. Gravissima quidem ultio est amicum pro amico substituere. Male autem accidit ut primus qui in mentem meam venit fuit Federicus.

Qua de causa saccum dormitorium attuli domum Federici ut Rolandus animadverteret me alios amicos praeter se habere.

Sed cum viderim Federicum ante domum suam stantem draconemque volantem fuste fodientem, agnovi consilium meum apud eum dormiendi forsitan non optimum esse.

Sed Rolandus fuit in area sua atque intuebatur me. Ideo consilium meum nullo modo potui mutare.

Cum denique domum Federici introivi, mater eius laeta est quod Federicus habebat "conlusorem," quam appellationem aliquantulum odiosam habui.

Federicus et ego per scalas ascendimus ad cubiculum eius. Cum ille cuperet ludere Ludum Corporibus Torquendis, longinquum ab eo me continenter tenebam.

Censui quidem me in pessimum consilium inisse mihique domum revertendum esse. Sed quotiescumque ex fenestra inspexi, Rolandum et Collin ludentes ante aedes vidi.

Ideo non volui proficisci priusquam isti intus irent. Deinde autem res in peius versata est, quia, me ex fenestra spectante, Federicus manticam meam aperuit omnesque pillulas dulcoratas, quas in ea conservabam, manducavit.

Scias Federicum esse inter eos pueros quibus non licet saccharum edere. Paulo post itaque Federicus vehementer excitatus delirusque erat.

Sane insaniebat meque persequebatur omne per superius tabulatum.

Sperabam fore ut serius ocius defervesceret, sed numquam deferbuit. Qua re ego tunc in balneo suo me occlusi ut praestolarer refrigerationi animi eius.

Hora undecima fere et semihora, silentium denique in ambulacro factum est. Eo ipso tempore, Federicus epistolam mihi sub ianuam misit.

TRADIT

Quam epistolam sustuli et legi.

Gregorio Federicus sal.
Doleo quod, muco in digito meo, te persecutus sum.
Ecce. Mucum meum in hac pagina affixi ut quod feci ulciscaris.

Hoc lecto mucoque tecto, statim collapsus sum et nihil quod exinde factum est recordor.

Paucis horis actis, demum resipui. Experrectus, ianuam balnei caute aperui et Federicum audivi in cubiculo stertentem. Itaque constitui ex ea domo ad meam ilico fugere.

Quod Mammam et Tatam e somno excitavi media nocte, ipsi moleste tulerunt. Sed terroribus apud domum Federici fugitis, id non facio flocci quod succensuerunt mihi.

CREPITUS

Die Lunae

Iam unus mensis actus est ex tempore renuntiationis amicitiae inter Rolandum et me. Ut verum dicam, valeo prorsus sine Rolando.

Gaudeo me quodlibet facere posse sine ea molestia quam ille olim in vitam meam attulit.

His diebus, multum tempus in cubiculo Roderigi ago resque eius interdum inspicio. Nuper repperi quoddam Album Commemorativum e tempore quo Roderigus scholam mediam agebat.

Roderigus scripsit nomina deminutiva super omnes imagines studentium, ita ut facile scirem quid de eis censuisset.

Nonnumquam occurro condiscipulis Roderigi
atque iocose revoco in animum ea nomina
deminutiva, etiam cum ecclesiam adeo.

Sed quod maxime attentionem animi attraxit in illo
Albo est pagina Studentium Praedilectorum.

Nam ea in pagina imagines videntur illorum
studentium qui ex comitiis condiscipulorum evadunt
Amatissimi et Ingeniosissimi et ita porro.

Atque Roderigus scripsit nomina deminutiva super has quoque imagines.

PROXIMUS TRIUMPHO

Vilellmus Watson   Catherina Nguyen

His imaginibus conspectis, incepi rem valde ponderare.

Si relatus eris in paginam Studentium Praedilectorum, quasi immortalis fies. Nam etiamsi postea non attigeris famam quam condiscipuli tui exspectant, nomen tamen tuum numquam de Albo Commemorativo delebitur.

Vilellmus Watson ab omnibus humanissime etiamnunc tractatur, quamvis scholam superiorem numquam expleverit.

Subinde enim occurrimus ei apud macellum in quo laborat.

Ideo hoc ipsum reor: Hoc anno aliquantulum erravi, sed si nomen meum inter Studentes Praedilectos referre possum, errores mei delentur.

Itaque pondero categorias studentium in quas nomen meum referre possum. Neque athleta neque gratiosus sum, ideo de aliis categoriis cogitare debeo.

Ab initio censui me vestibus elegantissimis induturum esse ut "Elegantissime Indutus" eligerer.

Si autem ita faciam, imago mei erit proxima imagini Iennae Stewart, quippe quae vestes "Vestalium Maximae" induat.

Die Mercurii

Proxima nocte in lectulo iacebam, et repente in animum venit quam categoriam petere debeo: Scurra Maximus.

Quamvis notissimus ioculator in schola nondum sim, satis est mihi unum solum iocum valde ridendum facere et certo vincam.

MENSIS MAI

<u>Die Iovis</u>

Hodie constitui, lectione Historiae durante, cuspidiolam ponere super sellam Domini Worth, sed deinde ipse dixit verba quae me ad consilium meum recogitandum excitaverunt.

Ille dixit nobis se constitutum cum medico dentario habere itaque nos Vicarium Magistrum habituros. Atque Vicarii Magistri mitissimi sunt! Quidquam potes eis dicere sine poena.

Die Veneris

Cum primum in aulam lectionis Historiae veni, paratus eram ad ioca mea proferre, sed, mirabile dictu, Vicaria Magistra fuit mea mater ipsa!

Inter omnes ubicumque gentium homines qui potuerunt Domino Worth substitui, nemo, ut videtur, potuit esse nisi mater mea. Et ego censebam equidem Mammam in otium venisse.

Nam ea fuit quondam illa quae opem ferebat magistris nostris. Sed reliquit opus post iter ad vivarium quod fecimus dum ego tertium gradum scholae ago.

Mamma multa adiumenta scripta attulerat ut
bene disceremus genera animalium, sed nihil
voluimus facere nisi omnia animalia inspicere
cacantia.

Utcumque factum sit, Mamma omnino perdidit
consilium meum ad Scurram Maximum adipiscendum.
Gratias tamen Deo ago quod nulla est categoria
ad Filiolum Praedilectum eligendum, quia si esset, iam
vicissem.

Die Mercurii

Acta diurna edita sunt hodie. Ego, "Claudii Claudicis" causa, decessi de loco gryllorum descriptoris, et non curo quis mihi successerit.

Tempore autem prandii, omnes risum effundebant ob paginam gryllorum, ideo sustuli acta diurna et vix credidi quod vidi.

Fuit mehercle "Zeu-Hic Mama." Et nullum oppido verbum mutavit Dominus Ira hac in narratione a Rolando depicta.

Zeu-Hic Mama   Rolando Jefferson auctore

Itaque Rolandus famam attigit quam ego studiose petiveram.

Etiam magistri ipsi adamaverunt Rolandum. Vomere equidem volui quando Dominus Worth cretam demisit in lectione Historiae.

<u>Die Lunae</u>

Rolando famam ob successum fabulae nubeculatae "Zeu-Hic Mama" adepto, confiteor me spe deiectus esse. Rolandus solus laudatur ob narrationem pictam quam nos duo excogitavimus. Rolandus, meo iudicio, saltem potuit nomen meum includere utpote "Auctoris Adiutorem."

Post scholam igitur occurri Rolando iussique eum me auctoris adiutorem agnoscere. Ille autem respondit narrationem pictam totam SUAM esse neque illam ullo modo ad me pertinere.

Magna voce, ut videtur, altercabamur, quoniam ilico circumdati sumus a multis studentibus nos spectantibus.

Pueri in schola mea SEMPER cupiunt rixas spectandas. Rolandus et ego abituri sumus, sed nemo ex eis discedere voluit donec pugnis decertaremus.

Numquam antea pugnum cuiquam duxi, qua de re prorsus nescivi quomodo oporteret pedibus stare et digitos contrahere et alia huiusmodi. Rolandus quoque nescivit quid faciendum esset, quia incepit saltare huc et illuc tamquam pumilio.

Fere pro certo putabam me Rolandum evincere posse, sed timebam Rolandum oppugnationem inermem Iaponicam callentem, quia exercitationes hac in arte facit. Nescio hercle quas captiones magistri docent in his exercitationibus, sed, omnibus spectantibus, minime volui scire an Rolandus me evincere posset.

Sed priusquam possemus pugnare, magnus strepitus sufflaminum auditus est in area stativa. Deinde iuvenes de autocineto onerario egressi sunt.

Ab initio gavisus sum quod oculi omnium conversi erant in hos iuvenes potiusquam in me et Rolandum. Sed deinde omnes pueri repente fugerunt.

Eo ipso tempore, agnovi hos notissimos iuvenes.

Atque statim intellexi. Hi erant qui me et Rolandum persecuti sunt in Vigilia Omnium Sanctorum. Tunc demum, quos iamdudum exspetabant capere, in fine ceperunt.

Sed antequam fugere potuerimus, brachia nostra firmiter tenuerunt.

Hi iuvenes vehementer desiderabant verba mea, illa nocte prolata, ulcisci, et inter se disserebant quomodo puniendi essemus.

Ut verum dicam, unum tantum verebar. Nam Caseus proximus erat nobis, et numquam foetidior fuerat. Timendum erat ne taetrum Caseum etiam procaces iuvenes, nos minaciter retinentes, conspicerent.

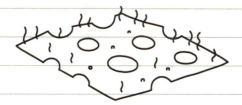

Procacior iuvenis vidit me Caseum contemplantem atque eum contemplabatur etiam ille. Ilico in animum venit ei quid in nos faciendum esset.

Elegerunt Rolandum primum. Procacior rapuit eum traxitque eum ad Caseum.

Ne dicam quid exinde factum sit, quia, si id dicam, Rolandus, si voluerit, Praeses nationis nullo modo eligi poterit, quandoquidem omnes sciverint quomodo hi iuvenes eum humiliaverint. Numquam erit ei locus vincendi.

Ideo hoc solum dicam: Iusserunt eum _ _ _ _ _ Caseum.

Certissime scio eos idem facturos mihi. Vehementer tremebam, quia nullo modo potui pugnare contra tot iuvenes fortiores.

Ideo contuli me ad excusationes proferendas.

Atque, mirabile dictu, me reliquerunt.

Hi iuvenes, ut opinor, censuerunt se nos satis terruisse, quia, Caeso a Rolando eso, ilico nos liberaverunt et profecti sunt. Autocinetum onerarium ingressi, effugerunt.

Exinde Rolandus et ego domum ivimus. Nihil autem dictum est, neque a me neque ab eo. His terrificis factis adflicti, non facere potuimus quin maesti ambularemus meditantes et tacentes.

Primum volui dicere ei quod debuit facultate sua in oppugnatione inermi Iaponica uti, sed, ut opinabar, momentum omnino inopportunum erat id dicendi.

Die Martis

Inter pausam hodie, studentes exierunt foras ludendi causa.

In brevi spatio, quidam notavit Caseum, qui iam diu in campo lusorio iacuit, de pavimento atro deesse.

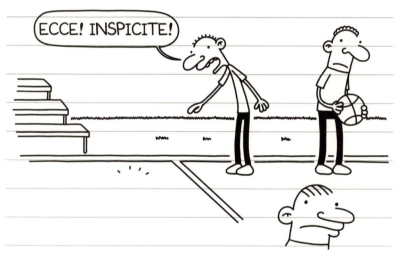

Omnes congregati sunt ut mirarentur locum in quo Caseus quondam fuerat. Sed nemo fuit qui crediderit eum e conspectu re vera ablatum esse.

Quidam excogitaverunt explanationes quibus explanaretur quomodo Caseus ereptus sit. Fuit qui dixit eum pedibus abisse.

Maxime dedi operam ut os meum obserarem ne
secretum omnibus adstantibus patefacerem. Immo
vero si Rolandus non adfuisset, tacere vix
potuissem.

MMF!

Nonnulli qui argumentabantur de causis absentiae
Casei adfuerunt in campo lusorio hesterno die cum
ego et Rolandus pugnos fere duximus. Timebam
igitur ne isti rem comperirent et Rolandus et ego
suspecti fieremus. Sane facillime potuit fieri.

Itaque Rolandus incepit tremere, et ei non
improperare de eo potui. Nam si veritas de
absentia Casei omnibus nota erit, Rolandus haud
dubie peribit, et egomet migrare debebo ex civitate
mea, si non ex natione ipsa.

Enimvero eo ipso temporis momento, statui aliquid
dicere.

Omnibus palam dixi me scire quid factum sit de
Caseo. Dixi me taedere Casei, et ergo constituisse
illum auferre semel et in perpetuum.

Paucis momentis, omnes firmi steterunt, ita ut
censuerim omnes mihi gratias agere velle. Sed
omnino erravi.

Aliis autem verbis profiteri debui quam ob causam
Caseus abesset, quia, haud mire, omnes extemplo
putaverunt me Tactum Casei contraxisse.

MENSIS IUNII

<u>Die Veneris</u>

Si Rolandus beneficium meum erga se tuetur, nondum certiorem me fecit. Ludimus tamen interdum post scholam tamquam quondam ludebamus.

Ut verum dicam, parvum mali intulit mihi Tactus Casei.

Enimvero Tactus Casei gratia, me excusavi ab exercitationibus saltandi in Exercitu Gymnico, quia nulla puella saltare voluit mecum. Interea quotidie una tota mensa est mihi soli in refectorio.

Hodie postremus dies scholae fuit, et Album Commemorativum cuique datum est.

Magno studio ardebam videre paginam ad Studentes
Praedilectos dicatam, et hanc imaginem vidi.

SCURRA MAXIMUS

Rolandus Jefferson

Dicam solummodo quod, si quis voluerit Album
Commemorativum, unum reperiet in excipulo
purgamentario in posteriore refectorio.

Prorsus non multum curo quod Rolandus Scurra
Maximus electus est. Quia si nimis se iactet, satis
mihi erit ei memorare quod ille ipse est qui edit

— — — — — — —.

COMMENTARIUM DE
COMMENTARII DE INEPTO PUERO
LATINE LOQUENTE

Gregorius Heffley, etsi iuvenis, perplurimas linguas, ut videtur, iam perdidicit. Iam vero suos "commentarios" bis et quadragies edidit variis in vulgaribus sermonibus per totum orbem terrarum! Si autem quis rogaverit Gregorium utrum versio Latina iucundissimi eius libelli exaranda sit, nihil agat quin ad Ciceronem ipsum referat, qui dicit: *"Non enim tam praeclarum est scire Latine quam turpe nescire."*

Nonnulli tamen opinabuntur hunc libellum, sermone Romano versum, nemini nisi litterarum cultis utilem futurum esse. Nequaquam. Erunt enim qui omnia intellegent, qui multa, qui pauca, nemo autem nullum. Enimvero lingua Latina est omnibus ubique, nova et vetus, hodierna et aeterna. Omnia non solum Latine dici possunt, sed debent.

Ac vero non perfecte. Immo vero errando, ut Gregorius didicit, discitur. Haec porro tam perennis regula viget tam in facultate legendi quam in arte loquendi necnon scribendi. Ideo si menda vel dubia vel difficiliora reperies in Gregorii tabulis, loquere de iis cum aliis eaque, super omnia, si doces, tuis cum alumnis delibera et discute. Hic quidem libellus tamquam specimen Latinitatis vivum proponitur, quo iocosius mentes acuantur, linguae solvantur et cerebra exerceantur. Hic destinatur tam tironibus quam peritis, tam navis quam pigris, tam adultis quam pueris. Lingua enim Latina non est tantummodo nobis servanda, sed cognoscenda, atque bene cognoscetur tantum ex iisdem libris ex quibus antiquitus discebant qui eam callere cuperent. Attamen nihil impedit ne, verborum novationis usu, qui ab optimis scriptoribus antiquis semper laudatus est, recentissimi libri etiam scribantur. Si igitur, hoc libro edito, nihil evadet nisi maius diffusiusque Latinitatis fovendae studium, bene actum neque totum perisse et Gregorius et ego arbitrabimur.

Sed cave: sermo quem intus legis eum Ciceronianum potius supplet quam mutat, magis sequitur quam aemulatur, magis admiratur quam imitatur. Varia quidem genera dicendi exstiterunt atque adhuc exstant. Stilus ad genus semper est adaptandus. Quamobrem multa vocabula ac interiectiones quibus Gregorius utitur exoriuntur ex operibus Plauti et Terentii. Syntaxis, periodi et collocatio verborum sensui motuique animi Gregorii accomodantur. Ille interdum lentius scribit, interdum celerius. Afficitur saepenumero opinionibus ac arbitriis parentum et amicorum quibus ipse, plerumque fallaciter, magno conatu nititur persuadere.

Interea hoc in libello saepe fit ut plurima verba ad unicam rem referantur. "Album televisificum", "quadrum visificum", "album televisicum": omnia superficiem televisorii denotant ac omnia, iudicio huius interpretis, sunt usurpanda. Ideo unicam vocem ad rem unicam denominandam raro hoc in libro invenies.

Pauca sunt dicenda de sic dictis neologismis. Non solum nobis, sed etiam antiquis Romanis eveniebat ut, quae nova ipsi sua industria invenerunt, vel quae per bella et commercia ex aliis gentibus mutuaverunt, novis nominibus deberent exprimere. Haec nova inventa tribus, plus minusque, modis significabant.

Ante omnia Romani utebantur circuitionibus verborum seu circumlocutionibus, ut Latinitatem, quoad fieri posset, incorruptam servarent. Nostro quoque tempore, hic modus optime constat ad res technicas ac informaticas describendas: exempli gratia, "malleolus ad discum compactum sonandum" (cfr. paginam 36) vel "scamnum libramentis sublevandis" (pagina 90). Nonnumquam fit per analogiam significationis, ut "gryllus" (cfr. paginam 164 et passim), qui proprie est insectum, translate comica figura depicta, vel "conchae" (cfr. paginam 32 et passim), quae proprie sunt tegmenta animalium marinorum, translate instrumenta super aures posita quibus musica auditur. Nonnumquam denique inventio verborum fit per novationem, sicut "telephonum", "computatrum" vel "videolusus".

Etenim si Cicero censet nihil Latine dici non posse, quid tandem contra eum dicemus?

> Neque enim esse possunt rebus ignotis nota nomina, sed cum verba aut suavitatis aut inopiae causa transferre soleamus, in omnibus hoc fit artibus, ut, cum id appellandum sit quod propter rerum ignorationem ipsarum nullum habuerit ante nomen, necessitas cogat aut novum facere verbum aut a simili mutuari. (Cicero, Orator ad M. Brutum, LXII)

Inepte igitur quidam docti saeculi XVI totam Latinitatem ad unum "Ciceronianum" sermonem perstrinxerunt, sola Ciceronis verba probantes et sumentes ad quidvis expimendum. Si tamen novae occurrant res et inventa quae probatis iam linguae Latinae vocabulis exprimi nequeant, maxima cum prudentia procedamus, indoles, leges modosque novandi verba Latini sermonis servantes. Altera ex parte, Latina lingua viva, sicut animans quodvis, non solum conservanda est, sed renovanda; iam inde a principio, cadentia perpetuo refecit elementa, seu quaedam verba mutavit et sensim amisit ut inutilia et obsoleta, novaqua continenter ascivit ac veluti animavit.

Hoc igitur in libro scribendo, linguam Latinam haud immutare, sed eam ad res et cogitationes hodiernas conformare volui. Cum Lingua Latina solum in paucorum scriptorum consuetudine viva sit, conatus sum verba ac idiomata ex fontibus antiquis extrahere, quo facilius perspiciantur auctores praestantes qui animos nostros iam oblectant quotidieque gaudio perfundunt. Sine tamen reprehensione, ut opinor, immo laudabiliter nova fingi vocabula possunt, non ex necessitate tantum, sed etiam ad exornandam orationem.

Notulis igitur sequentibus velim explicare nonnulla nomina et antiqua et recentiora quae res et cogitationes Gregorii exprimant, quaeque in aliis locis usurpari possunt si quis loqui vel scribere Latine velit. Copia enim vocum novarum iam suppetit nobis, si glossaria Latinitatis hodiernae prudenter et diligenter accedimus.

pagina 9

digitis intertextis. Etiamsi Romani significationem huius dictionis intellexissent, ratio gestus superimponendi digiti medii super indicem, ne mala sibi accidant, eos omnino effugisset. Gestus enim, ut videtur, ortus est de more Christianorum. Romani vero mala vitabant amuletis gestandis, diebus nuptiarum caute statuendis, liminibus pede sinistro transgrediendis atque cute post aures digito saliva humectato fricanda.

pagina 19

In mari meri miri mori mus. Siquidem plane apparet difficultas aenigmatum in aliam linguam ex alia reddere, tanto difficilius videtur quandocumque sensus iocosus ad ipsum sonum verborum pertinet. Ideo versio Latina aenigmatis a versione Anglica omnino differt.

pagina 22

"fatti". Agnomen, praegressu carens, electum est tantummodo ridendi causa.

pagina 31

musica metallica gravis. Ioannes Rockwell fuit inter primos qui hoc genus musicum nutantium seque torquentium descripserunt. Haec musica "immaniter hostilis", ut dixit, "plerumque sonatur mentibus medicamentis toxicis stupefactis" et, ut alibi dixit, "fundamenta musicae rockicae exaggerat atque pubescentibus albicoloribus allicit". Numquam antea, nisi fallor, hoc genus musicae Latine denominatum est.

pagina 50

Aut fraus aut frustrum. Haec duo verba coniunguntur per alliterationem. "Frustum" communiter adiicitur verbo "cuppedinis", quod huic loco deest.

pagina 52

Serra automata est neologismus.

pagina 56

"nummis centenionalibus". Consilium cepi usum nummorum Americanorum ponere potiusquam Romanorum.

pagina 58

ketsupum. Verbum fortasse e radice Sinico exortum est. Utcumque res se habent, ketsupum differt a iure ex lycopersicis.

pagina 63

Armentarius est qui boves congregat. Verbum apparet etiam in Sacris Scriptis Christianorum: "Armentarius ego sum," dicit propheta Amos (7, 14).

pagina 75

laterculus mulsus. Significatio huius dulcioli sat clare patet, etiamsi laterculus mulsus Gregorio adamatus est "digitus butyri" (*Butterfinger* vulgo dictus).

pagina 79

Yurin Alymus. Discipuli, nomen huius pueri in verba Latina convertentes, eum eludunt, velut si thesaurum linguae Latinae optime cognovissent.

pagina 80

Fistucae sunt ingentes mallei automatici cum quibus notissimus luctationis impetus comparatur.

pagina 81

"cervicem bracchio defigere", "evertere", "obsidere". Haec verba incursibus luctationis specialibus adaequant: videlicet, "half nelson", "reversal", and "takedown".

pagina 96
"De Mago Oziensis". Res, personae locique quae ad hanc cele-berrimam fabulam pertinent Latine dicuntur in libro cui titulus est *Magus Mirabilis in Oz*, C. J. Hinke et Gregorio Van Buren interpretibus, anno MCMLXXXVII edito, qui liber valde lectoribus commendatur.

pagina 97
"Patria Mea De Te Cano". Hoc carmen, "My Country, 'Tis of Thee" vel "America" vulgo dictum, etsi non patrius hymnus Civitatum Foederatarum Americae Septentrionalis (quamquam melodia est eadem patrii hymni Regni Uniti), tamen persaepe usurpatur in probationibus canendi. Ideo nec est puer nec puella in Civitatibus Foederatis Americae Septentrionalis qui id ignoret.

pagina 105
Adeste arbores, ut patet, cantatur iuxta melodiam celebris cantus Natalicii "Adeste Fideles." Quam saepe magistri et magistrae in scholis mediis verba cum verbis substituunt, parentes oblectantes liberosque vexantes!

pagina 116
"Barbarae Aedes Optimae" exprimit, etsi inepte, domum de qua puellae pupa "Barbie" ludentes somniant.

pagina 121
Charta emporetica communiter significat chartam fuscam in qua merces vecturae involvuntur, etiamsi hic significat chartam coloribus decoratam.

pagina 131
Trirota Magna est euplasticum vehiculum lusorium cuius rota anterior maior est aliis duabus rotis. Quamobrem Anglice id numero singulari vocatur.

pagina 136
collineare. Hoc verbum facit perspicuum quam abstractus sit modus hodiernus cogitandi. Romani antiqui semper collineabant aliquid ali-

quo. Exempli gratia, "telum collineare hosti" vel "sagittam collineare phalangi". Itaque Gregorius vult pedifollem Trirotae Magnae vel Rolando collineare.

pagina 143

pannus Gazensis. Urbs Gazae opulens dicitur fuisse huius generis textilibus, tametsi historici de re inter se dissentiunt.

pagina 145

Studium Liberum. Multum interest inter "Studium Liberum" ac "Artes Liberales". Alterum est studium quod neque quisquam dirigit neque ipsum studium dirigitur, alterum est studium quo liber libere se parat ad vitam rei publicae participandam.

pagina 182

quod eligimus, sumus. Hoc dictum evadit, meo iudicio, tamquam fulcrum totius huius libri. Gregorius erit quod eliget. Quamquam multi sophi eandem sapientiam per saecula expresserunt, nemo eorum iisdem verbis quam matris Gregorii formulaverunt.

pagina 188

"Sex Vexilli" est societas mercatoria cuius primum consaeptum recreatorium in civitate Texiana exstructum est anno MCMLX. Nomen "Sex Vixilli" derivatur e sex vexillis nationum quae Texiae imperaverunt: Hispania, Gallia, Mexicum, Res Publica Texiana, Civitates Confoederatae Americae et Civitates Foederatae Americae Septentrionalis.

Si iam miror quod quidam puer ineptus, scholam mediam in Civitatibus Foederatis Americae Septentrionalis frequens, animos lectorum per totum terrarum orbem capere potest, eo magis mirandum est mihi quod eorum permagni interest acta, locos, personas necnon argumenta huius arcani mundi scholae mediae Americanae perspicere. Quamvis difficile et non-numquam molestum, perplacuit mihi tempus in aedibus et conclavibus scholae mediae actum, et ideo maximam gratiam habui opportunitatem illius temporis, Gregorio adiuvante, denuo agendi hunc per libellum mihi Latine reddendum. Utinam eo tempore scholae mediae linguam Latinam scivissem! Tametsi nulla lingua nisi Anglica eo tempore loquebar, optimos tamen docentes habui qui ardorem omnium rerum Romanorum in animo meo accenderunt. Fateor me illis magnopere devinctum esse.

Spero hunc libellum utilitati fore non solum peritorum, sed etiam tironum. Spero fore ut omnes, cuiuslibet aetatis, cachinnet Gregorium atque cum Gregorio. Tempus non est mihi omnibus quibus debeo gratias persolvendi. Itaque satis sit ut dilectissimo meo magistro, Patri Reginaldo Foster, tam docto quam humano, cuius summo ingenio, licet nunquam adaequo, continenter utor, magnas gratias agam, quod, super omnia quae me edocuit, unum tantum ad animum meum excitandum indesinenter teneo: linguam Latinam numquam perficere, sed semper demittere potes.

Fac, Gregori, ne linguam Latinam umquam demittamus!

Admodum Reverendus Daniel B. Gallagher
datum Romae, a.d. XI Kal. Maias,
anno MMDCCLXVIII a.U.c.

COMMENTARY ON
COMMENTARII DE INEPTO PUERO
(translated from the Latin)

Even though he's still just a kid, Greg Heffley has made himself a polyglot. He's already published his diary in forty-five different languages. Yet if you were to ask him whether Latin should be one of them, he'd probably just quote Cicero back to you: *Non enim tam praeclarum est scire Latine quam turpe nescire.* "It is not as praiseworthy to know Latin as it is disgraceful not to know it."

Nevertheless, some people will think a book like this won't be of much use to anyone but the culturally elite. Nothing could be further from the truth. Some will understand everything written in these pages, some will understand a good bit, others only a little, but no one, I hope, will be completely lost. Indeed, Latin is a language for everyone, everywhere. It is old and new, modern and ancient. Not only *can* everything be said in Latin, everything *should* be said in Latin. Even if not perfectly.

To the contrary, the way we learn, as Greg teaches us, is precisely by making mistakes. This timeless rule is as true for the practice of reading Latin as it is for speaking and writing Latin. So if you find any mistakes in Greg's diary, or if you have any doubts or problems, talk about them with your friends and, above all, if you are a teacher, point them out to your students and discuss them. This book is meant to be a living specimen of *Latinitas* that you can use to sharpen your mind, loosen your tongue, and exercise your brain. It is intended for both beginners and experts, be they hardworking or lazy, adults or kids. If we are to "save" the Latin language, we need to learn it. And we will only learn it well from the same books students once upon a time read if they wanted to become proficient in the language. At the same time, nothing should prevent us from translating contemporary works into Latin by updating the lexicon with a few new words—a practice highly commended by classical authors. So if this book does nothing but help promote and spread the study of Latin, both Greg and I will consider it to have been well worth the effort.

Keep in mind, however, that the language used in this book is not meant to supplant Cicero's language but rather to tweak it. It follows in the orator's footsteps, but it does not aim to match him. It reveres his way of speaking but doesn't dare presume to imitate him. In fact, there have always been, and will always be, different ways of speaking Latin, even though it is one and the same language. The style and genre used must meet the occasion. For this reason, many of Greg's phrases, especially his interjections, are drawn from Plautus and Terence. The syntax, clauses, and word order are chosen to match Greg's feelings. Sometimes he writes quickly, and at other times slowly. He is often influenced by the opinions and decisions of his parents and others around him, and often—albeit mischievously—he tries to sway the thoughts and feelings of others. All of this is subtly suggested in the Latin.

It is worth mentioning that in modern Latin there are several different ways of designating a single item: *album televisificum*, *quadrum visificum*, and *album televisicum* all mean "television screen." In my opinion, we don't need to settle on just one of them. All of them can and should be used interchangeably. So in many cases you will find an object named in several different ways.

Which leads to a few remarks about neologisms: Whenever the ancient Romans encountered new things, either by invention or by warring and trading with other nations, they had to find ways of expressing them. There were basically three ways of doing this.

One way was by circumlocution, to keep the language relatively pure and intact. Today, we use a similar approach, especially when naming electronic devices or objects from the world of technology: for example, *malleolus ad discum compactum sonandum* ("play button," page 36) or *scamnum libramentis sublevandis* ("weight-lifting bench," page 90). Sometimes new objects are named by analogy, such as *gryllus*, the primary meaning of which is a cricket or grasshopper, but secondarily it means a comic depiction of a character (hence, "comic strip," page 164 and elsewhere). Another example is *conchae* (page 32 and elsewhere), which properly refers to seashells but analogously refers to personal stereo headphones. Sometimes we simply have to invent a new word, such as *telephonum* (telephone), *computatrum* (computer), or *videolusus* (video game).

And if Cicero thought that nothing could not be said in Latin, who are we to disagree?

> *Neque enim esse possunt rebus ignotis nota nomina,*
> *sed cum verba aut suavitatis aut inopiae causa*
> *transferre soleamus, in omnibus hoc fit artibus, ut, cum*
> *id appellandum sit quod propter rerum ignorationem*
> *ipsarum nullum habuerit ante nomen, necessitas cogat*
> *aut novum facere verbum aut a simili mutuari.* (Cicero,
> *Orator ad M. Brutum*, LXII)

226

For there cannot be well-known names given to things which are not known, but when we use words in a metaphorical sense, either for the sake of sweetness or because of the poverty of the language, this result takes place in every art, that when we have got to speak of that which, on account of our ignorance of its existence, had no name at all previously, necessity compels us either to coin a new word, or to borrow a name from something resembling it.

Thus it was a mistake of certain scholars, especially in the sixteenth century, to distill the entire Latin language down to a Ciceronian style by using only his vocabulary to express everything imaginable. That was going too far. And yet, it is true that if there are new phenomena that cannot be expressed by tried-and-true Latin words, we must proceed carefully, making sure we use good grammar and follow the general rules for coining new words and expressions. On the other hand, the Latin language is living and organic, not stale or frozen. Almost from the beginning, some words fell out of use, some words were changed or had lost their meaning, others were rendered obsolete, and new words were constantly borrowed from other languages to keep the language fresh.

So in translating this book, I didn't want to change Latin; I simply wanted to update it with a few new words and phrases. Because so few people are writing in Latin nowadays, I tried to use words and idioms common to the ancient sources so that readers might detect the classical authors they delight in reading every day. But I also didn't hesitate to invent new words and phrases when necessary. Sometimes I did so just to make the language sound better.

In the notes that follow, I explain only some of the words and phrases—be they ancient or new—that Greg uses to express his thoughts and feelings, and which readers might like to use in their own speaking and writing. In fact, if we use the right dictionaries and glossaries, we already have a wealth of vocabulary at our fingertips.

page 9

digitis intertextis. "fingers crossed." The Romans might have understood the meaning of these words, but they wouldn't have understood the concept of crossing one's fingers to ward off evil. In fact, the gesture seems Christian in origin. The Romans had their own ways of warding off evil, such as wearing charms and bracelets, making sure you got married on the right day, crossing the threshold of a house with your left foot first, and rubbing behind your ears after licking your fingers.

page 19
In mari meri miri mori mus. "For a mouse to die in a sea of fine wine." Because they depend on word sounds, knock-knock jokes just don't translate into other languages. That is why the joke Rowley tells in Latin is completely different from the one he tells in English.

page 22
fatti. There is no Latin precedent for this nickname. I chose it merely for its funny sound, just like "Bubbi" for "brother" in English.

page 31
musica metallica gravis. "heavy metal music." The journalist John Rockwell used this term to designate an emerging subgenre of rock music. This "heavy-metal rock," he wrote, was "brutally aggressive music played mostly for minds clouded by drugs" and "a crude exaggeration of rock basics that appeals to white teenagers." As far as I know, the term has not appeared in Latin before.

page 50
Aut fraus aut frustum. "Trick or treat." These words were chosen simply for the sake of alliteration. *Frustum* means a little piece or morsel, so it should connect with something like "candy" (*cuppedinis*) in the genitive case.

page 52
serra automata. "chainsaw." This also appears in Latin for the first time.

page 56
nummis centenionalibus. I've chosen to denote currency in American dollars rather than in Roman coinage.

page 58
ketsupum. "ketchup." This word may be Chinese in origin. Whatever the case may be, in Latin *ketsupum* is used rather than *ius ex lycopersicis*, to distinguish it from "tomato sauce" or "tomato soup."

armentarius. "cowboy." We even have a cowboy in the Bible! "*Armentarius ego sum*," says the prophet Amos (7:14).

laterculus mulsus. A *laterculus* is a biscuit, and *mulsus* means "honeyed," so this term has commonly been accepted in neo-Latin to designate a "candy bar." In the original English, Greg is more specific: He wants to snitch his mother's Butterfingers, which in Latin could be rendered as *digiti butyri*, but I'm not sure everyone would have understood that.

Yurin Alymus. I had to use a name that would suggest the Latin words for "Pee (*urina*) Mud (*limus*)," which is this poor lad's name in the original English version. Kids would love to show off their Latin vocabulary by making fun of Yurin in this way.

fistucae. A "hammer" or "mallet." The original English word is "pile driver," a classic pro-wrestling move named after a piece of heavy machinery. *Cervicem bracchio defigere, evertere*, and *obsidere* are used to designate the more conventional wrestling moves of "half nelson," "reversal," and "takedown."

De Mago Oziensis. "*The Wizard of Oz.*" The names of characters and places in this classic tale are borrowed from a classical translation of Dorothy's adventures into Latin by C. J. Hinke and Gregory Van Buren: *Magus Mirabilis in Oz*, published in 1987, which I highly recommend. I thank Mary Nolan for bringing this little gem to my attention.

"Patria Mea De Te Cano." "My Country, 'Tis of Thee" or "America." Even though this song, the melody of which is "God Save the Queen," is not the official national anthem of the United States, it is often used in auditions for school musicals. I don't think there's a kid in America who doesn't know it.

Adeste arbores. The melody is from "O Come All Ye Faithful," or in

Latin, "Adeste Fideles." Music teachers love to write clever lyrics to traditional songs, much to the delight of parents and the chagrin of kids.

page 116
Barbarae Aedes Optimae. This was a tough one. How do you say "Barbie Dream House" in Latin? The Latin expression, though clumsy, denotes the million-dollar-home girls dream of owning one day whenever they play with Barbie.

page 121
charta emporetica. "wrapping paper." Granted, this term refers to brown packaging paper for mailing, but here it means the decorative paper we use to wrap gifts. I could have added a phrase such as *coloribus decorata*, but that would have made it too long.

page 131
Trirota Magna. "Big Wheel." This is the plastic tricycle we used to ride as kids with a big wheel in front and two smaller wheels in back. That's why it's in the singular.

page 136
collineare. "to aim." This is a good example of how modern abstractness would have been foreign to the ancient Romans. They always thought in terms of aiming one thing at another, not just "aiming" in general. They would aim the "spear at the enemy" (*telum collineare hosti*) or the "arrow at the phalange" (*sagittam collineare phalange*), but they would never just "aim." So what Greg really wants to do is practice aiming the football at the moving Big Wheel.

page 143
pannus Gazensis. "gauze." This word may refer to Gaza, which, according to some historians, was famous for this type of cloth. Other historians disagree.

page 145
Studium Liberum. "Independent Study." There is a big difference between "Independent Study" and the "liberal arts" (*artes liberales*). The former refers to studies directed by no one and, indeed, studies without direction, and the latter refers to studies by which a free person prepares herself to participate in public life.

page 182

quod eligimus, sumus. "It's our choices that make us who we are." This could very well be the turning point of the entire book. Greg's choices will make him the kind of person he will be. Many sages throughout the centuries thought the same thing, but in this case, Greg's mother uses her own words rather than quote some famous philosopher.

page 188

"Sex Vexilli." "Six Flags." This company is famous for its amusement parks, the first of which opened in Texas in 1960. The name comes from the six different nations that had control over Texas at one time or another: Spain, France, Mexico, the Republic of Texas, the Confederate States of America, and the United States of America.

As surprised as I am that a wimpy kid living in the United States would capture the fascination of people all over the globe, I am even more surprised that the strange world of middle school would be of any interest to so many people who never attended an American middle school. For my own part, though it wasn't always easy, I have fond memories of the years I spent in the halls and classrooms of "junior high," as it was called back then. So I was delighted to relive those glory days once more through the eyes of Greg Heffley by translating his diary. I only wish I had known Latin back then! Even though I spoke nothing but English, I had really fantastic teachers who instilled in me a love for all things Roman, a love I was blessed to cultivate later in life by living and studying in Rome. I owe those teachers an immense debt of gratitude.

I hope this little diary will be of use to experts and beginners. I hope everyone, no matter how old, will laugh *at* Greg and *with* Greg. There's no space to thank everyone, so let me just express my gratitude to Father Reginald Foster, my beloved *magister*, who is as human as he is learned. I will never match his mastery of Latin, but I will always rely on it. As I stumble in his footsteps, one of his famous quips is a constant source of consolation for me: "You never finish Latin, you just stop."

Greg Heffley, my friend, help us never to "stop" with Latin!

Msgr. Daniel B. Gallagher
Written in Rome on its birthday, the 21st of April,
in the 2,768th year since its founding

GRATIAE AGENDAE

Quamquam permulti opus et auxilium mihi tulerunt ad hunc librum in lucem edendum, quattuor tamen hominibus gratias nominatim agere debeam:

Charlie Kochman, redactori apud domum libris edendis *Abrams*, qui, partes optimi suasoris *Commentariorum de Puero Inepto* sustinens, multum curavit ut hic liber promoveretur. Fortunatus quidem fuerit cuicumque Charlie redactor erit.

Jess Brallier, qui bene intellexit vim et occasionem operum per interrete edendorum atque curavit ut Gregorius Heffley ad plebem adloqueretur. De amicitia et doctrina tua maximas tibi gratias ago.

Patrick, qui auxilio venit mihi ut librum in meliorem redderem, neque umquam dubitavit me certiorem facere de quovis ioco foetido.

Coniugi meae Julie, sine cuius incredibili adiumento hic liber numquam creatus esset.

DE AUCTORE

JEFF KINNEY est auctor librorum qui, latissimam ob eorum venditionem, inter praecellentissimos adnumerantur in actis diurnis *New York Times*. Quater insuper celebratus est tamquam scriptor libri a pueris praedilecti iuxta opinionum explorationem per intertextum televisificum Nickelodeon factam. Nomen eius quoque infrascriptum est inter ea "Centorum Potentissimorum Hominum Totius Orbis" in ephemeride *Time*. Interretialem praeterea creavit situm nomine Poptropica, quem ephemeris *Time* retulit in indicem quinquaginta optimorum situum Telae Totius Terrae. Pueritia Vashintoniae in Regione Columbiae acta, Jeff anno MCMXCV in Novam Angliam migravit. Nunc habitat cum uxore et duobus filiis in parte meridionali civitatis Massaciussetae, ubi bibliopolium curat instruendum.

ACKNOWLEDGMENTS

There are many people who helped bring this book to life, but four individuals deserve special thanks:

Abrams editor Charlie Kochman, whose advocacy for *Diary of a Wimpy Kid* has been beyond what I could have hoped for. Any writer would be lucky to have Charlie as an editor.

Jess Brallier, who understands the power and potential of online publishing, and helped Greg Heffley reach the masses for the first time. Thanks especially for your friendship and mentorship.

Patrick, who was instrumental in helping me improve this book, and who wasn't afraid to tell me when a joke stunk.

My wife, Julie, without whose incredible support this book would not have become a reality.

ABOUT THE AUTHOR

JEFF KINNEY is a #1 *New York Times* bestselling author and five-time Nickelodeon Kids' Choice Award winner for Favorite Book. Jeff has been named one of *Time* magazine's 100 Most Influential People in the World. He is also the creator of Poptropica, which was named one of *Time* magazine's 50 Best Websites. He spent his childhood in the Washington, D.C., area and moved to New England in 1995. Jeff lives with his wife and two sons in southern Massachusetts, where he has a bookstore, An Unlikely Story.

MONSIGNOR DANIEL B. GALLAGHER, a priest of the Diocese of Gaylord (USA), is currently assigned to the Office of Latin Letters at the Vatican Secretariat of State. He completed a BS and an MA at the University of Michigan, an MA at the Catholic University of America, and an STL at the Pontifical Gregorian University. He formerly taught philosophy and Latin at Sacred Heart Major Seminary in Detroit, Michigan. His study of medieval philosophy led to a passion for Latin, which he now teaches at the Paideia Institute for Humanistic Study. Monsignor Gallagher is the editor of the Values in Italian Philosophy book series and a regular contributor to the Philosophy and Popular Culture series. His articles have appeared in such journals as *Postgraduate Journal of Aesthetics, Josephinum Journal of Theology, Sacred Architecture Journal, Journal for Christian Theological Research, Fellowship of Catholic Scholars Quarterly, Maritain Studies, The Latin Americanist,* and *Social Justice Review,* as well as various collected volumes. He is the translator of Vittorio Possenti's *Nihilism and Metaphysics: The Third Voyage.* Monsignor Gallagher's latest activities focus on teaching and writing Latin according to the method of his predecessor in the Office of Latin Letters, Fr. Reginald Foster, OCD, a mission he shares with his colleagues at the Paideia Institute for Humanistic Study.